JN222724

「君を愛していくつもりだ」と言った夫には、
他に愛する人がいる。

婚約破棄

「君との婚約を、取り消すことになった」

イリスの婚約者である王太子が、静かな声で告げた。

イリスは彼に呼ばれ、王宮に出向き、華やかな応接室でソファに向かい合って座っていた。

用件は、すでに彼女が自身の父親であるウィンドミア公爵から聞いていた内容である。

この国の大神官が聖女の召喚に成功し、王太子は聖女と婚約することになった。そのためにイリスとの婚約を一方的に破棄したというものだ。

彼女の紫がかった青い瞳は悲しみも怒りも見せず静かなまま。控えめに伏せられた金のまつ毛が、婚約者と目を合わせるためにぱちりと上がる。上品に口紅で彩《いろど》られた唇が、柔らかく弧を描く。

「承知いたしました。聖女様を迎えられた今、当然のことと心得ておりますわ。至らぬ身でありながら、これまで殿下にお仕えできて光栄でした」

お幸せに、と言いそうになり、さすがに皮肉っぽいかと思って口を閉じる。

王太子は陰鬱《いんうつ》な表情のまま、黙って頷《うなず》いた。彼は多分謝罪しようとしたのだが、立場上それができないのだろう。

「……わたくしはヴェルディアに赴《おもむ》く予定です。ノア・ヴァンデンブルク卿との婚約の話が出ておりますの」

王太子がはっと顔を上げた。ヴェルディアは王都から最も離れた辺境の領地である。

「実は楽しみなこともあります。イルサリアという植物で染めた糸がふんだんに使えるようになりますし、美しい場所だと聞いております」

イリスは明るく無邪気な顔を装って告げた。ヴェルディアの特産の糸は王都で手に入れるには高価だが、生産地ではもう少し入手しやすくなるはずだ。

彼女はこの婚約解消が悪いことばかりではないと伝えようとしたのだが、王太子には自分が刺繍に馴染《なじ》みがあることを話したことがなかったかもしれない、と後から気づいた。それに、二人の間になんの感情もなかったにしても、婚約の解消を喜ぶことを言ったのは失礼かもしれない、とも。

王太子の顔はわずかに和《やわ》らいでいた。イリスは自分の言葉が上手く彼の罪悪感を緩和できたことに安心する。

「彼は……気さくで人のいい青年だったと記憶している」

イリスの指がぴくりと動く。何人かノアについて同じことを言うのを聞いたことがあった。

しかし、ほとんど王都に顔を見せない彼の人柄について言及する人は多くない。それより噂になっていることといえば、彼が従妹《いとこ》のアンナに懸想《けそう》していることだ。社交界では有名な話だった。

(どうでもいいことだわ。夫のひととなりも、誰を想ってるかも、それで何か変わるわけじゃないもの)

イリスの生家は歴史ある公爵家なのにここのところ王家と縁遠い。父の悲願である王妃になれないなら、イリスがこの世に生まれた価値はない。王宮から遠い領地に行けば、そのことを思い出す機会も減りそうだったので、彼女は話したこともないノアの妻になることを拒否しなかった。そもそも拒否する権利はないのだが、心の中でも拒否しなかった。

イリスの手にある選択肢は、今までもこれからも「求められた役割を果たす」こと。結婚して何か変わるとすれば、彼女に道を示す人が父親から夫になることくらい。それが王太子だろうと、辺境の地の公爵家の跡取りだろうと同じ。

最後に、イリスは王太子に向かって教育されたとおりの美しい微笑《ほほえ》みを見せ、別れの挨拶《あいさつ》を口にした。

顔合わせ

挙式を済ませたイリスは、メイドに案内されて夫婦の寝室にやってきた。公爵家本邸からほど近い、二人のために用意された別邸の一室である。

部屋は広く、天井近くまで伸びる大きな窓からは月明かりが差し込んでいる。四柱式ベッドの脇にサイドテーブルがあり、その上のオイルランプの光が、部屋を淡く照らしていた。

夫のノアはイリスよりも緊張した面持《おもも》ちをしている。今から負担を引き受けるのはどちらかといえばイリスのほうなのに。

イリスはその不公平さに不満は抱かず、好いた女がいるのに今から自分を抱かなければならない彼にほんの少し哀れみを感じた。

夫は多分、自分と違って、気持ちや心の繋がりといった形のないものを大切にする人だ。

ノアはイリスに手を差し伸べ、緊張を隠すように微笑《ほほえ》んだ。

彼の手は、イリスをベッドではなくその横の椅子に誘導する。

「少し話をしない？」

「お話……ですか。ええ、喜んで」

イリスは「貴方と話すことなどありません」などと、冷たい態度をとる気はない。

(きっとアンナ嬢のことね。「君を愛するつもりはない」とでも言うつもりかしら)

これから人生をともにする妻に対し政略結婚を理由にそう宣言するのは、幼くて、愚かで、甘えだと思う。

そして、ある意味誠実だ。

イリスにはノアの妻としての役目を果たす意思がある。彼に微笑《ほほえ》み愛の言葉を紡《つむ》ぐつもりはあるが、そこに気持ちを伴わせる必要はないと考えている。だが、それをわざわざ宣言する予定もなかった。

「ありがとう。今までイリス嬢を見かけてはいたけれど話をしたことはなかったから、少し話してみたくて。あ、もうイリス嬢ではないのか」

彼は照れたように笑った。淡い橙色《だいだいいろ》の明かりに照らされて、明るいブラウンの瞳がオレンジ色に見える。

立場のある身分なのに、ノアは感情を隠すのがあまり上手くない。挙式では緊張を隠せていなかったし、仲の良い知人と話すと表情が緩《ゆる》む。

結ばれることのない女性を見つめる瞳に熱があると周囲に知られてしまうような、そういう男だ。

「イリスとお呼びくださいませ、旦那様」

「うん、分かった。イリスも私のことはノアでいいよ。ほら、旦那様だと使用人が父と勘違いしそうで紛《まぎ》らわしいだろ。家族になったんだから、口調も楽にしてよ」

ノアは明るく笑った。

「しかし、それは……」

将来の公爵夫人として相応《ふさわ》しくない。そう思うが、夫に口答えするのは妻としてよくない。

迷ったイリスはノアに尋ねる。

「それは、ご命令ですか？」

「え？　私の名を呼ぶのはそんなに嫌？」

「いいえ、その、妻は一般的には夫のことを名前で呼ばないでしょう」

「そう？　私の両親はお互いを名前で呼ぶよ」

家族という存在が、ノアと自分では大きく意味が異なるらしい。

「かしこまりました。では、ノア様とお呼びいたします」

「それが一番楽？　私は敬称も、丁寧な言葉遣いもいらないけど」

「……では、ノアと。これでいい？」

多分夫が求めている答えはこれだと察して、イリスはノアを呼び捨てにし、丁寧な言葉を使うのも控えた。きちんと正解を引き当てたようで、ノアが嬉しそうに笑う。

そのまま雑談をしていると、いつの間にか夜が更けていた。壁掛け時計が深夜を告げ、ノアがはっと顔を上げた。

「しまった。もうこんな時間だ」

「楽しくて時間を忘れてしまったわ。明日に差し支えてしまいそうね」

半分社交辞令で半分本音。イリスの言葉に、ノアは目を見開く。

「そんなことを言ってくれるんだ？　嬉しいな。私も時間を気にするのを忘れてしまったよ。イリスってすごく聞き上手だよね」

（それはそういう教育を受けているんだから当たり前じゃない）

そんなことを言うのは失礼になると分かっているので、イリスは軽く微笑《ほほえ》むに留《とど》める。

ノアはそんな彼女の心中には気づかず、リラックスした雰囲気で機嫌よさそうに笑った。

「でも明日のことは気にしなくて大丈夫だよ。一日なんの予定も入れていないんだ。初夜の翌日に仕事のために朝早く起きなければいけないなんて、味気ないだろ？」

その手がイリスの手に重なる。イリスは驚きで目を見開いた。

ノアが会話を長引かせたのは何もせずに眠るためだと思っていた。白い結婚を望んでいるのだと。

彼女の一瞬の戸惑いを、ノアは見逃さなかった。さっと彼の顔が曇《くも》り、重ねた手を自分のもとへ戻す。

「やはり私を夫にするのは嫌かな」

「え⁉　いえ、そんなことは……！」

「本来なら君は王太子妃になるはずだった。こんな辺境の領地でまともに会話したことのない男の妻になるような女性ではないよね」

イリスは返答に困った。正直なところ、今日ノアと会話した量は、いつもの王太子との会話の一年分より多いくらいだ。

ノアの不安に対し綺麗な言葉を返すこともできるけれど、きっと彼はそれを喜ばない。そう感じて、イリスは正直に答える。

「私は貴方との結婚が決まって嫌だと思ったことは一度もないわ。貴方こそ、その、アンナ様のことはいいの？」

アンナの名前を出すべきか迷ったが、この話に決着をつけるには自分が戸惑いを顔に出してしまった理由を正直に話すしかない。

ノアが目を見開き、それから頬をわずかに赤くし、困ったように眉を下げる。

「君にまでそんなことを言われるなんて！　噂を聞いて不快に思っただろう。君にそのことで何か失礼なことを言った人がいないことを祈るよ。私はアンナを妹のように思っていて、そんなつもりはない……と言っても、信じられないだろうね」

イリスは即答できなかった。

噂によると、ノアはアンナに恋をしている。現に、イリスは夜会で隣にいた友人に声をかけられ一瞬だけノアとアンナに視線を投げたことがある。その時の彼らはよく夜会で見かける男女ペアらしく親しげで、お互いを想い合っているように見えた。

もっとも、恋愛に重きを置かないイリスにとって、社交界で噂になるほど視線で気持ちを伝え合う人たちは尊敬の対象ではなかった。

――私とは関係のない世界。

そう思って、じっくり観察したことがない。

「私には貴方たち二人のことは分からないわ。それに事実はあまり大切ではないの。貴方が誰を愛していても、もう結婚は成立していて、後戻りはできないもの」

ノアは少しだけ傷ついたような顔をした。

「そうだね。君の言うとおりだ。ただ、私のアンナに対する気持ちは今言ったとおりで、それが事実だ。私はこれから夫として君を愛していくつもりでいるよ。君と話して、ますますそう思った」

「ありがとう。私も妻として貴方を愛するわ」

イリスは美しく微笑《ほほえ》んだ。

ノアが夫の役割として愛すると言及してくれたことに安心する。イリスも役割を果たすのは得意で、今のノアの言葉にならば同じように迷わず答えられた。

ノアがじっとイリスの顔を見て、手を差し出す。イリスは今度こそ戸惑いを見せるような失敗をせず、すぐに自分の手を重ねた。

ノアに手を引かれ、椅子から立ち上がる。思いの外、力強く引かれたことに驚きつつも、軽く目を見開くに留《とど》めて声はあげない。そして、手を繋いだまま二人でベッドの上に向かい合って座る。

ノアがイリスの指先に軽く口付けした。

指先にキスをする時、軽いリップ音がした。挨拶《あいさつ》のキスで音を立てるのは喜ばしい作法ではないが、ここにはイリス以外礼儀作法を気にする人もいない。

そして彼はイリスをじっと見つめた。その視線の強さに怯《ひる》みそうになる。強く睨《にら》み返《かえ》すのも目を逸《そ》らすのもどちらもおかしい気がして、戸惑いが顔に出てしまう。

ノアは視線を合わせたまま、指先、手の甲、手のひら、手首の内側、とキスを繰り返しながら、彼女をベッドにゆっくり横たえた。とすんと軽く音を立てて、イリスは仰向《あおむ》けになる。

その髪を一房すくって、ノアが口付けした。そしてゆっくり髪をベッドに落として、優しく彼女の頬を撫《な》でる。頬に口付けて、額《ひたい》にも口付けした。

イリスが教育係に聞いていた話と、ノアの行動は異なる。

閨《ねや》では夫は妻の身体のうち、性的な快感を得る部分に触れると聞いていた。それによって夫を受け入れる準備をさせ、身体を繋げて妻の中で子種を出すのだと。

ノアの行動には無駄が多すぎる。

(今になって怖気《おじけ》づいたってわけ？　引き延ばすのもいい加減にしなさいよ)

ただでさえ雑談したせいで時間が遅いのに、これ以上無駄なことをしていたら眠る時間がなくなる。

「ノア」

「何？」

「その……貴方の行っていることは、私が教育係から聞いた作法と少しだけ異なるわ。もしかしたら私はこの地域の作法を理解していないかもしれないの。教えてくれない？」

できるだけノアの顔を立てて質問してみる。

「教育係にはなんと言われたの？」

「夫に任せるようにと」

「では間違っていないんじゃないかな。任せてくれて構わないよ」

「でもこれでは、その、夜が明けてしまわない？」

いつまで経っても終わらないなどとは言えず、イリスは言葉を選んだが、結局同じようなことを言ってしまった。ノアがおかしそうに笑う。

「私たちが夜が明けるまで愛し合ったたって、誰にも咎《とが》められないよ。言っただろ？　明日は何も予定を入れてない。君は教育係以外からは、閨《ねや》の話を聞いていないの？」

「他の誰に聞くというの？　閨《ねや》は夫婦の閉ざされた時間でしょう。私の友人はそんな話を外でするような方ではないわ」

イリスはむっと顔を顰《しか》めた。

「ごめん。そんなつもりで聞いたわけではないんだ。イリス嬢と言えば、博識で聡明で完璧な……そういう女性だと思っていた」

ノアの言葉はイリスが実際はそうではないということを示している。

今まで彼女はどんな場所で何をしても周りから博識で聡明で完璧だと言われてきた。今日だって夫の意図を汲《く》んで正しく振る舞ってきたはずだ。欠陥があるように評価されるのは心外だった。

「どういう意味？」

「手を出すのを躊躇《ためら》ってしまうほど、何も知らないとは思わなかった」

「そんなことは……んっ」

イリスの抗議の声は口の中に消える。

唇が軽く触れ、そのまま押しつけられる。思ったよりも柔らかく乾いたそれが何度か角度を変えてイリスの唇に触れた。そのうちノアは唇を甘く噛む。驚いて口を開いたところに湿ったものが入り込んで、彼女の舌を搦《から》め捕《と》った。

「んんっ⁉」

ぴちゃ、と水音が響く。

わざといやらしい音を立てるようにノアの舌は動いていた。時折、唇の間から彼の熱い息が漏れる。

「ふっ……ぅん……！」

夫に任せるようにと言われていたのに、イリスはつい抵抗してしまった。

その抵抗を咎《とが》めるように、ノアが彼女に体重を掛ける。握っていないほうの手で夜着の上からイリスの足を撫《な》で回《まわ》した。

不快とは違う、しかしやめてほしいと思う。ぞわぞわと湧き上がってくる未知の感覚に、イリスの肌に鳥肌が立つ。その間もノアは口付けをやめてくれない。ようやく解放された時には、彼女の息はすっかり上がっていた。

イリスは潤《うる》んだ瞳でノアを見つめる。彼は慈《いつく》しむように微笑《ほほえ》み、イリスの頬を撫《な》でる。そしてもう一度イリスに覆い被さり、今度は首元に顔を沈めて熱い息を吐いた。首筋を下から上に耳元まで舌が這う。

「ん……っ、いや……！」

「すまない、少し、我慢してほしい」

ぬるっとした感触に驚いて、反射的に拒絶の言葉が口から出た。

親切そうに見えた夫は、イリスがせっかく主張したのを無視した。ノアの舌が首を舐《な》めるたびに、彼女の喉の奥から意図しない声が漏れそうになり、唇を噛む。

「イリス、唇を噛んではダメだよ。声を出して」

「でも……」

「閨《ねや》では夫に任せるのが作法なんだろう？　私が言っているのに聞いてくれないの？」

「分かっ、……あっ！」

イリスは渋々頷《うなず》いた。その途端にノアの手が胸に触れる。布越しに、やわやわ乳房を揉《も》んで形を変えさせた。そんな場所、着替えを手伝ってくれる侍女でさえ触れたことがない。

「あっ……はぁ、ん」

ノアが声を抑えるなと言ったからその通りにしようとしたのだが、自分の声の甘さにゾッとした。自分が自分ではなくなったようで怖くなる。背中のあたりから這い上がってくる、ぞくぞくとした感覚。嫌なのにやめてほしいと思えないこれが、性的な快感なのだと気づき、頬が自然に熱くなる。

「イリス、脱がしていいかな」

「えっ」

イリスが答える前に、ノアはずっと握っていた手を離して夜着のリボンに触れた。しゅるっと音がして前がくつろぎ、白い乳房が空気に晒《さら》される。

「綺麗だ」

裸の上半身を見つめる視線が強すぎて、イリスは気まずくなった。この国で最も位が高い女になる予定だった彼女の身体は、昔から丁寧に磨かれてきた。シミ一つない白い柔肌だ。

他人のために準備されてきたものを綺麗だと言われても、どう反応していいか分からない。

褒められたら微笑《ほほえ》み、謙遜《けんそん》しすぎず相手を褒め返すもの。そう教わっているが、今それが相応《ふさわ》しい作法だとは思えなかった。

ノアが困ったように笑う。

「イリス、君は……いろいろと考えているんだね。考えなくていいんだ。私とこうしている時は、他の人に言われた作法を持ち込まないで。私と二人の時間にしてほしい」

その手がイリスの胸に触れた。彼は前かがみになってそこにキスして乳房を下から上に持ち上げるように舐《な》め、先端を弾く。

経験したことのない甘い痺《しび》れに押し出されて、イリスの口から声が漏れた。

「あっ、あ……のあ……っ」

制止のために名前を呼ぶ声も甘ったるく、ますます顔が熱くなる。

「や、ん……っ、私、どうしたら……」

「何もしなくていい。何も考えなくていいから、感覚に身を任せて。声も抑えないで、聞かせて」

「ああっ！」

乳首に軽く歯を立てられて、イリスは意図せず大きな声を出した。ノアがそれを聞いて微笑《ほほえ》む。

「可愛い。もっと聞かせてほしい」

イリスが戸惑っている間に、彼は胸以外にも鎖骨や首筋、腹部など、あちこちにキスして、舐《な》め、撫《な》でた。イリスが反射でびくびく震えるのを嬉しそうに目を細めて眺めている。

「そろそろ、ここも触れていいかな」

ノアの手がイリスの足を撫《な》でた。濡れたあわいにそっと触れる。そのまま指を軽く押し込まれるような感覚がして、彼女は思わずその腕を掴んだ。けれど手は止まらず、彼女の柔らかいところに触れた。

イリスもこの場所を柔らかくしてノアを受け入れなければならないことは知っている。

知ってはいるが、実際に触られると耐え難いほど恥ずかしくて、目に涙が滲《にじ》む。ノアの指に自分の体液が絡んで、水音を立てる。心がついていかなくても、身体はしっかり準備していた。

「イリス、力を抜いて」

「む、り……」

「イリス」

ノアは困ったようにイリスの名を呼び、口付けをする。気遣うような優しい口付けに、緊張が少しほぐれた。

閨《ねや》でのことは夫に任せないといけないのに、今すぐやめてほしいと願う。恥ずかしくて苦しくて、どうしていいか分からない。

何も言えぬままノアの顔を見つめていると、彼は指を引き抜く。その解放感にほっと息をついたのも束の間、濡れた部分の少し上、小さな突起に触れた。

「あっ！」

「ごめん。性急にしすぎたね。ここも一緒に触れたら、君ももう少しいいかもしれない」

「あっ、あ！　や！　嫌、嫌、そこ、やめて……！」

イリスはみじろぎして抵抗する。

ノアは敏感なところを指で撫《な》でつつ、先ほどからずっと蜜を溢《あふ》れさせている中にも触れていた。

ちゅぷ、と生々しい水音がして、イリスは耐え難い気持ちになる。

「気持ちよくない？」

「わ、分からないっ！　分からないの……だからやめて！　ああっ！」

全身に力が入り、また弛緩する。呆然として浅い呼吸を繰り返していると、彼が口付けを繰り返す。

「今のは多分気持ちよかったんだよ。中がねだるように締まって、すごくよかった」

何をねだるというのだろうか。イリスは恨めしげにノアを見た。

「イリス、もう限界だ。受け入れて」

彼が自身の夜着に手をかけて、裸になる。彼のものが大きくなっているのを見て、イリスはさらに恐怖を覚えた。

指を入れただけでひどい圧迫感と軽い痛みがあったのに、そんな場所にあれを受け入れたらどうなるのか想像もつかない。

「待っ……ぅ、ん！」

イリスの制止の声より、唇を塞《ふさ》がれるほうが早かった。そのまま熱いものが膣口に触れて、ぐっと中に押し入ってくる。

「っ痛！」

体を引き裂かれるような痛みだ。イリスは思わず顔を背《そむ》けて叫んだ。

ノアはそこで動きを止める。ただ入れたものを引き抜いてはくれず、彼女の頬や額《ひたい》に口付けを繰り返す。

「少しこのままでいるから、耐えて。夫婦になるのに必要なことなんだ」

そんなことはイリスも知っているが、耐え難い。

しかし何度もキスされていると、少しずつ痛みが引いていく。余裕が出てくると感想が漏れた。

「はぁ、なんて大変なの。こんなに、大きくて硬いものを受け入れないといけないなんて……あっ！　な、何!?」

せっかく馴《な》染《じ》んできたのに、中の質量が増えた。イリスは息を詰まらせる。不満を顔に滲《にじ》ませて見上げると、ノアは何かに耐えるように眉を寄せていた。彼の口から、はぁ、と短く息が漏れる。

「イリス、今のは君が悪い」

「私の何が悪いと言うの」

「今のは男を煽《あお》る言葉だよ。知らないなら覚えておいて」

ノアのものがさらに奥まで入ってきた。イリスの身体はのけぞったが、先ほどのようにひどい痛みはない。

ノアがイリスの唇を再び塞《ふさ》いだ。

「んっ」

舌が咥内《こうない》に入ってくる。

もう不快だとは思わないものの、どうしていいか分からないのは変わらない。

「イリス、動いてもいいかな。辛《つら》いんだ」

「辛《つら》い……？」

教育係からはベッドの上で負担を強《し》いられるのは女性だけだと聞いていた。男性はこの行為に痛みを覚えるものではない、と。

しかしノアは何かに耐えるように眉を寄せて、呼吸を荒くしている。

（また教えてもらったことと違うじゃないの！）

閨《ねや》教育をしてくれた未亡人の顔が思い浮かぶ。気のいい人だったが、彼女の話は不十分だ。

「分かったわ」

イリスも圧迫感で辛《つら》いし、動くことで早く終わるならばそれに越したことはない。

「ありがとう」

ノアは彼女に覆い被さるように身をかがめる。そのせいで繋がったところがさらに奥に入り、イリスは息苦しさに顔を顰《しか》めた。

「んっ……」

「イリス、イリス……っ」

「うっ、ん！　はぁ……っ、あぁ……！」

ノアが興奮した様子でイリスの名を呼び、中を激しく突く。彼女は苦しさと熱さを誤魔化すために、その背中に手を回して力を込めた。

イリスは夫ほどこの行為に夢中になれない。自分が自分でなくなるような感覚に強い不安を抱く。

(苦しい、早く終わって……！)

しばらくするとイリスの中でノアが飛沫《しぶき》を吐き出す。自分と違う脈拍を体内で感じるのは奇妙な感覚だ。

ノアが少し硬さのなくなったものを引き抜いた。

「イリス、大丈夫？」

イリスの名を呼び、気遣うように彼女の前髪を撫《な》でて耳にかける。

彼の柔らかい瞳が見つめている。あまり大丈夫ではなかったが、イリスは頷《うなず》いておいた。

(愛してるとでも言ったほうがいいのかしら)

求められれば口にするつもりだったが、ノアは何も言わない。

「服を着ようか」

「ええ」

足の間に垂れてきた体液を拭き取って服を着る。そうしている間にもノアの視線を感じて居心地が悪かったが、黙々と身支度をした。彼はイリスが気遣うのをあまりよしとしない価値観を持っているようなので、お望みどおりに振る舞う。

「イリス」

支度が終わった頃、ノアがイリスの名前を呼ぶ。

彼女が振り向くと、手を引かれた。イリスは抵抗せずに導かれるままベッドに膝をつく。

彼はイリスの額《ひたい》にキスをして、おやすみ、と告げた。イリスも同じように挨拶《あいさつ》だけを返す。

二人は手を繋いだまま横になった。

(寝にくくないのかしら?)

軽く指を動かしても、解放される気配がない。イリスは諦めて目を瞑《つむ》った。

ベッドの上で起きることは、全て夫に任せなければならないと教わっているからだ。

下半身には違和感が残っていて、そのせいで眠れなくなるかと思ったが、疲労が勝って、彼女はしばらくして意識を手放した。

◇　◇　◇

翌日。

イリスは誰に起こされるでもなく目を覚ました。

いつもメイドに声をかけられる前、カーテンの隙間から日が差す頃にはベッドから出るようにしている。

身体を起こすと、隣に昨日初めてまともに顔を合わせた夫が寝ていた。寝顔は起きている時よりも幼く見える。赤みがかったブラウンの髪が光を浴びて夜よりも淡い色をしていた。

（マホガニーよりはラセットブラウンが近いかしら）

イリスはベッドに腰掛けて、朝の冷えた空気の中に素足を晒《さら》す。ふぅ、と息を吐いたところで後ろから手を引かれた。そのままやわらかい寝具の中に引き戻される。

ノアが後ろからイリスを抱きしめていた。

「寒いよ。めくらないで」

「ちゃんと掛け直したわ」

「でも風が入ってきた」

彼の声には笑い声が混じっている。揶揄《からか》われているのだと気づいて、イリスはむっと顔を顰《しか》めた。かかっている寝具をひっくり返して風に晒《さら》してやろうかしら、と一瞬頭によぎったがやめる。そんなことをして、使用人の間で噂になり、実家に告げ口でもされては困る。

「もうすぐメイドが来るから起きないといけないわ」

「来ないよ。来ないように言ってある。今日はこのまま昼までベッドで過ごそう」

「まぁ、なんて怠惰《たいだ》な！」

イリスが怒ると、ノアは堪えきれないといった様子で声をあげて笑い出した。

「元気だね。昨晩もっと無理をさせればよかった」

イリスは少し遅れてその言葉の意味を理解して、顔を赤くする。

「貴方、貴方……、なんだか性格が悪いわ」

昔から聡明だと言われた彼女にしては幼すぎる文句が出てきた。ノアはきょとんとしている。

「そうかな？　いつもどちらかというと、人はいいって言われるんだけど」

「私もそう聞いていたけれど、少なくとも私にはいい人には思えないわ」

「そう？」

彼は新妻の言葉に目くじらを立てることはなかった。少し照れたように笑う。

「つまり私が浮かれてるってことか」

意味が分からず、イリスは真意を探るように見つめた。警戒した猫みたいな彼女の視線を受けて、ノアはさらに笑う。

「妻が想像していたよりずっと可愛い人で驚いてる」

その言葉がお世辞ではないのは分かるが、だからこそイリスは反応に困る。

彼女は家柄がよく美しい母から高貴な血と整った顔立ちを受け継いでいる。デビュタント以降、美しいと言われることはあっても可愛いと評価されることはなかった。

「寝癖がついているよ」

ふいにノアがイリスの頭を撫《な》でる。彼女ははっとして頭を押さえた。

結婚したら、朝一番に顔を合わせるメイド以外にこの夫にも整える前の姿を見せなければならないのだと理解する。

「メイドが来ないから直せていないのよ。早く人を呼んで……」

「来ないって言っただろ？　このままゆっくりしようよ」

朝起きて、着替えもせずにベッドで会話。

信じられない文化に言葉を失った。そんなイリスの様子を見て、ノアが苦笑いする。

「やっぱり先に着替えて、朝食を食べたら話をしようか。庭を案内するよ」

今度はまともな提案だ。イリスはほっとして頷《うなず》いた。


話をすると言ったわりに、ノアは特に会話の内容を決めていないようだった。お互いに身支度して、庭に出て、ゆっくり散歩をしながら昨日の夜のように中身のない会話をする。

将来の王妃として厳格な教育を受けてきたイリスと違い、彼は随分のんびり育てられたようだ。

庭を一周して、二人はガゼボの中のベンチに腰掛けた。風が吹くと、ノアは心地よさそうに目を瞑《つむ》る。けれど、イリスは落ち着かない。

朝起きて、着替え、意味もなく庭を歩き回り、ただゆっくりと時間が過ぎ去っていくなど、今まで経験したことがなかった。

「明日からしばらく視察でここを離れるんだ。君は何をして過ごしたい？　準備しておいたほうがいいものはあるかな？」

「えっ」

「なんでも遠慮なく言ってよ」

イリスはすぐに答えられなかった。何かを聞かれたらいつだって迷いなく正解を言えるように教育を受けてきたはずなのに、ノアの前では上手く振る舞えない。

美しく聡明で完璧で、王太子妃になるはずだったイリス。

ノアと結婚してから、その姿が幻《まぼろし》の、中身のないものだった気がしている。

明日の予定すら自分で決められない幼さが自分の中にあったなんて、これまで知る機会がなかった。

(王太子殿下は私のこの欠陥を見抜いていらしたから、聖女様との婚約を望んだのかしら)

ふとそんな考えが頭に浮かんで、彼女は首を横に振った。

イリスとの婚約が決まった時と同じように、聖女との結婚も、王太子が自ら望んだものではない。

おそらくは国王が決めたことだ。

「イリス?」

「……分からないわ」

「分からない? それもそうか。ごめん、ここに来たばかりじゃ何ができるかも知らないし、いきなり言われても困るね」

ノアは見当違いな謝罪をした。

「そうだな、何ができるだろう。ここは王都と比べると行商人も少なくて流行《はや》りの店もないし、女性が喜びそうな場所がないんだ」

首を傾《かし》げながらぶつぶつと呟《つぶや》く。あれはどうだろう、これはどうだろう、と案を出しては自分で否定していった。

（人がいいのは間違いないのかもしれないわね）

揶揄《からか》うようなことばかり言うから、イリスはノアを意地悪だと感じていた。しかし彼女のために一日の過ごし方を真剣に考えてくれる様子を見ると、その印象がわずかに塗り替えられる。

夫がどんな人なのか、まだイリスにはよく分からない。

「貴方の視察に同行することはできるの？」

「私の？」

「ええ。私は公爵領について浅い知識しかないから学びたいわ」

「そう？　よく知っているなと思ったけど」

先ほど歩きながら、領地についても話をした。彼はその時のことを言っているようだが、イリスは自分に求められている水準が低いことに戸惑う。

嫁ぎ先の領地について書籍や人伝《ひとづて》に分かる程度のことを学ぶのは最低限だ。

当たり前のことをしただけなのに褒められるとどうしていいか分からない。見くびられている気もするが、ノアに悪気がないことも伝わってくる。

「興味があるなら一緒に連れていってあげたいんだけど……君は馬には乗れる？」

「ええ、もちろん」

「野営したことは？」

「野営？　ないわ」

「腕は……剣の扱いはできないよね」

不穏な気配がしてきた。イリスはゆっくりと首を横に振る。ノアは困ったように眉を下げた。

「じゃあ、ちょっと、今回は危ないかもしれないな。まともな場所に行く時には声を掛けるよ。山は好き？」

「……ええ」

イリスは嘘をついた。

山は危なくて汚れるから、立ち入り禁止だった。遠くから見ているだけでは、好きも嫌いも分からない。

加えてノアが常日頃から〝まともではない場所〟に足を運ぶ機会があるらしいことに驚く。

「ここのことを知りたいと思ってくれてありがとう」

彼は眩《まぶ》しそうに微笑《ほほえ》んだ。

「本を用意するよ。それから、母に君のことを頼んでおく。きっと退屈しないはずだ」

イリスはヴェルディアに関連する一般的に手に入れられる書籍は全て読んでしまっていた。

（本や人伝《ひとづて》に分かることなら、もう知っているわ）

——知っているかどうかは大事なことではないの、イリス。今のは会話とは呼べないわ。貴女は知識をひけらかしただけよ。

イリスの頭に古い記憶がよみがえった。もう前後の会話はほとんど覚えていないのに、心臓が止まるような強い羞恥心《しゅうちしん》と悔しさ、母に見限られたくないという焦りだけは覚えている。

「ええ、ありがとう。勉強させていただくわ」

イリスが美しく微笑《ほほえ》むと、ノアも笑顔で頷《うなず》いた。

義母のヴァンデンブルク公爵夫人は朗《ほが》らかな笑顔の、ノアの強引さを二倍強めたような人だった。

イリスは夫が屋敷を発《た》ってから連日、彼女に引っ張り回された。

妃教育で一日中忙しかった実家での日々とは少々趣《おもむき》は異なるが、それでも忙しい日々を送る。

そうして、ノアが不在にしている期間はあっという間に過ぎた。

一週間ほどが過ぎた朝、夫が視察から戻り、久しぶりに顔を合わせる。

「お帰りなさい」

ノアは屋敷に戻ってイリスと顔を合わせると、軽く目を見開いて嬉しそうに挨拶《あいさつ》を返す。

「うん、ただいま！」

「何を驚いているの？」

「君が家にいること。ほら、結婚はしたけど、ほぼ一日しか顔を合わせなかっただろ。なんだか幻《まぼろし》みたいで」

いい意味なのか悪い意味なのか分からず、イリスはとりあえず微笑《ほほえ》んでおいた。ノアはもう一度じっと彼女を見つめてから、はにかむように笑う。

「夢じゃなくてよかった」

どうやら悪い意味ではなかったらしい。イリスはほっと息を吐く。

「ええ、現実よ。視察はどうだったの？」

「順調だったよ。ここで立ち話もなんだし、一緒に部屋に戻ろう。君の話も聞かせてよ」

ノアが彼女の手を取った。子供のように手を引かれて屋敷の中を歩くのを恥ずかしく思って、イリスの頬にさっと熱が集まる。

屋敷内の一室で二人、ソファに並んで座り、イリスはじっくりノアの話を聞く。一通り彼の一週間について聞いた後、「君は?」と尋ねられて、主に夫人と過ごした時間を共有した。

「楽しんでくれてよかった。母上はちょっと……いや、かなり強引な人だけど、この場所が大好きなんだ。最初に母上と一緒に見て回れば、君にもうちの領地のいいところが伝わるかなと思って」

「とても素敵な場所だと思ったわ」

「よかった。ありがとう」

イリスがこの一週間でヴェルディアをいい場所だと思ったのは本当だ。王都や生家の領地のように人が溢《あふ》れておらず、のんびりとした雰囲気。人々は実直で気さくな雰囲気を持ち、控えめな態度が好ましい。

今回のノアの気遣いは、イリス自身はありがたいものとして受け入れた。

しかし、嫁入りしたばかりで義母と二人きりにされるのを、多くの妻はありがた迷惑だと思うはずだ。イリスは他人に気を遣うことに慣れているし、夫人は強引なようでよく気づく人。最初の印象ほど一緒にいるのが負担になるわけではなかった。

それでも疲れることは、疲れる。

あの強引な義母でさえ、「新妻を置いて視察に出かけた上に最初から義母と二人にするなんて、気が利かないにもほどがあるわ。悪気のない鈍感男って最悪。ごめんなさいね」と謝罪から入った。その上で、「でも一緒に楽しみたいの。付き合って」とイリスを連れ出すような人だった。

イリスは率直な義母の言葉を嫌だとは思わなかった。怒濤《どとう》のように過ぎたこの一週間を思い出すとすでに懐かしく感じて、軽く頬を緩《ゆる》める。

その様子をノアがじっと見つめていることに気づいて首を傾《かし》げる。

「どうかしたの？」

「え？　……うーん、少し後悔をしているというか」

「後悔？」

「やっぱり私が最初に案内をすればよかった」

「まぁ」

勝手に義母に押しつけておいて、自分が案内すればよかったなどと言う。支離滅裂なことを言う夫に呆れたが、顔には出さない。するとノアが柔らかく笑った。

「母上といる時はそんなふうに楽しそうにしてたんだね。いい時間を過ごせたみたいでよかった」

イリスはなんと答えていいか分からず、じっと彼を見つめ返してしまう。彼女が返答しないことを特に気にした様子もなく、ノアは窓の外に目を向けて話題を変えた。

「明日からしばらく雨が続くらしい。雨の日はいつも何をするの？」

「雨の日は、そうね、人に会ったり、講義を受けたり、読書をしたり………刺繍をするわ」

「刺繍？　好きなんだね」

「手慰《てなぐさ》みにちょうどいいの」

集中して長時間できるし、声をかけられればすぐに手を止められる、都合のいい作業。好きかと言われるとよく分からないけれど。

「そうか。刺繍枠はあるはずだけど、あまり糸の種類がないかもしれないな。取り寄せておくよ」

「ありがとう。でも大丈夫よ。お義母様にお願いしてみるわ」

刺繍は男の領域ではない。だから気を遣って提案したのに、ノアは残念そうだ。どうやら今の回答は不正解らしい。

(ほぼ初日から私をお義母様に押しつけたくせに、何よ)

「完成したら貴方にも見せるわ」

これで満足かと問うような威圧的な態度になる。イリスは自分の発言を後悔したが、ノアは嬉しそうに「楽しみにしてるよ」と笑った。


ヴェルディアでの日々は、幸い嫁入り直後に想像したほどは暇にはならなかった。

イリスは実家にいた時に学んだことを生かして様々な人に会い情報収集をして、それを夫に話す。

彼は多忙でほとんど屋敷に寄りつかない。

「貴方ってとても忙しいのね」

仕事の疲れからベッドでぐったりしている夫に、イリスは話し掛けた。彼は起き上がって眉を下げる。

「なかなか君との時間を作れなくてごめん」

彼女は謝罪を望んでいたわけではない。慌てて説明を追加した。

「違うの！　責めているわけじゃないの。何か私に手伝えることはないかと思っただけなのよ」

「ありがとう。手伝いだなんて、もうすでにすごく助かっているよ」

「そう」

感謝されても素直に喜びきれず、なんと返していいか分からない。そのまま口をつぐんだ。

ノアがその顔を覗き込む。

「イリス？」

「なんでもないわ」

「本当に？」

じっと見つめられて、イリスはたじろいだ。ノアはおしゃべりだが、こういう時は根気強く無言でいる。彼女は観念して口を開く。

「その、私、少し時間を持て余していて……いいえ、正直に言うわ。暇なの」

「そっか。娯楽も少ないし、確かに時間を使うのに苦労するかもしれないね」

「この場所が悪いわけではないわ！」

ノアが申し訳なさそうな顔をするので、イリスは言葉を被せて否定した。

「私は生まれた時からずっと妃教育を受けていて、余暇のない日々を過ごしていたと言ったでしょう？　ここへ来てからのんびりしている時間が多すぎて……落ち着かないのよ。貴方の仕事で手伝えることはない？」

ベッドサイドから刺繍枠を取る。

「見て。暇すぎて刺繍ばかりしているから、腕が上がってしまったの。試しにずっと昔に作ったものと同じ図案を刺してみたら、こんなに完成度が上がっていたのよ」

そして、同じ花の図案の刺繍を施《ほどこ》したハンカチをノアに見せた。

「とても美しいね。えーと、新しいのは……こっちだよね」

ノアが迷いながら右側を指差す。彼はきちんと正解を差したが、イリスは迷われたことに眉を顰《ひそ》めた。

「合ってる？」

「合っているけれど、迷われたのが納得いかないわ」

「だってどちらも上手だから。イリスはすごいな。昔のものもすごく素敵だと思う」

「やめて。縁《ふち》がガタついてしまっているし、ステッチの幅にもひどいばらつきがあるわ」

「厳しいな！　私が見たことがある趣味の刺繍なんて母上とアンナのくらいだけど、二人とも下手すぎて何を刺したか分かったものじゃな……」

そこでノアはぴたりと口をつぐんだ。

(アンナ、ね)

社交の場で彼と従妹《いとこ》の噂を耳にしていたのに、彼自身からは最初の夜に彼女から話題にした以外、その名前を耳にしないことを、イリスは不自然に感じていた。

こうして、思わずという形で名前が出ると、やはりノアの生活にはアンナがいるのが当たり前だったのだと分かって、納得感がある。

「ごめん」

「やましいことがないなら謝罪するべきではないわ」

「やましいことはないよ。でも君に少しでも不快な思いをさせたなら謝るべきだ。それとも、不快にも思ってくれない？」

ノアがじっとイリスを見つめた。

（勝手に他の女の名前を出しておいて、ずるい人）

「分からないわ」

彼女は正直に答えた。ノアが困ったように笑う。

「分からないか。……君は集中して細かい作業をするのは得意？」

「ええ」

「それなら帳簿の管理や、中央に提出する書類を任せてもいいかな。もちろん最初は一緒にやるし、やってみて好きじゃなかったら他を探そう。仕事はいくらでもあるからね」

イリスは頷《うなず》いた。

「助かるよ。君にそれをお願いできたら、きっともう少し時間ができる。そしたら二人で遠出しよう。どこへ行きたいか考えておいて」

行きたい場所などぱっと思い浮かばない。そんなことを聞かれても困る、というのが顔に出ていたのか、ノアが目を細めた。

「思いつかなかったら、私のお気に入りの場所を案内するよ。……そろそろ灯りを消そうか。おやすみ、イリス」

「おやすみなさい」

彼はイリスの額《ひたい》にキスをしてから横になった。

イリスが知っている場所など、実家の領地の一部と、王都の一部、そしてこの広大な公爵領の一部だけ。知らない場所ばかりだ。少ない選択肢から頭の中に浮かぶ場所を捻《ひね》り出《だ》すより、ノアの〝お気に入り〟だという場所を知りたいと思う。

（アンナ嬢はそこに行ったことがあるのかしら）

ふとそんなことが頭をよぎる。考えても仕方ない疑問を打ち消すように、イリスは頭を横に振った。

横になると、ノアがベッドサイドのランプに手を伸ばし、部屋が真っ暗になる。イリスは暗闇の中で夫がいるはずの場所に視線を向けた。

（今日もしないのかしら）

最初の夜以来、彼はあまりイリスを抱こうとしない。

（私との間に世継ぎをもうける気がないの？）

嫁入りして期待されているイリスの一番の役割は、世継ぎを残すことのはずだ。そのために、病弱なアンナではなく彼女を迎えたはず。

アンナを〝妹のように思っている〟という夫の言葉の真偽をイリスが確かめようとしたことはない。

ノアは宣言したとおりにイリスを愛そうとしているように見える。イリスの話に耳を傾けて、できるだけ望みを叶えようとする。親切で、大切にしようとしてくれていると感じる。

だが、それだけだ。

夜会で見かける男女のように、イリスに夢中になっているような熱っぽい視線を向けられたことはなかった。彼の視線に名前をつけるなら、気遣いが一番近い。

(アンナ嬢にはどんな視線を向けるのかしら。抱きたくて仕方ないと思ったりする？　相手が彼女だったら、一晩中離さないのかしら)

頭の中に浮かんだ疑問を打ち消すように、イリスは首を横に振る。そしてノアに背を向けた。

(馬鹿馬鹿しい。こんなこと、考えても仕方ないじゃない。夫婦の役割を果たせないのは困るわ。貴方もそれは同じじゃないの？)

しばらく落ち着かずに何度か寝返りをうち、やがて目を閉じた。


翌朝から、イリスは早速ノアの側近だというロバートと、その補佐ケビンとともに帳簿管理についての講義を受けた。

ノア本人は北部で起きた土砂災害の対応で急に屋敷を離れることになったそうで、戻ってくるのは早くとも八日後だと言う。

毎日管理するものでもないので、説明を受けた後は実務が発生する時にノアと作業することにする。大した暇つぶしにもならず、三日もすればまた手が空いた。

余った時間を消化するため、ひたすら過去にノアが作成した書類を読む。ロバートに当時の状況を説明してもらいながら、古いそれに目を通す。

そんなふうに毎日山のような書類と書籍に目を通していたところ、古い本棚の奥に押しつぶされるようになっている分厚い革表紙の手帳が目に入った――

◆　◆　◆

ノアが北部の土砂災害の話を聞いたのは早朝だった。現地に駐屯している騎士団が対応しているが、父に援助のための人員を連れての対応を命令され、急いで向かうことになる。

こうした緊急事態に、ノアが実地に出向くのは珍しいことではない。公爵家から人が向かえば領民が安心した顔をするし、ノアは市井《しせい》の人々と交流するのが好きだ。

ただ、今は一つ懸念《けねん》があった。

公務に精を出していると、嫁いできた新妻を放置することになる。

彼は急いで必要な処理を施《ほどこ》して、予定より一日早く屋敷に戻った。

しかし、すでに日が落ちてから長く、今日もイリスに挨拶《あいさつ》すらできなそうだと悟って肩を落とす。

遅い夕食を軽めに済ませ、寝る前に汗を拭いて着替え、妻が眠っているはずの寝室に向かう。

彼はドアノブに手をかけたが、すぐには扉を開かなかった。

(初日からアンナのことで印象が悪いのに、ずっと挽回できないままだな)

小さなため息をつく。

イリスとの婚姻は、彼には少々気の重い縁だった。家の歴史と血の尊さこそ両家はお互いに相応《ふさわ》しいが、釣り合いが取れているのは家の名前だけだとノアは思うのだ。

イリスは幼い頃から王太子の婚約者として注目される存在だった。社交界でも一際目を引く美貌と気品を持つ高嶺《たかね》の花。

そのイリスと突然結婚することになった時には本当に驚いた。思わず、こんなところに来てもらっていいのか、と口にして、父に「嫁が恥じるような領地だと言いたいのか」と凄《すご》まれ、慌てて首を横に振った覚えがある。

ノアはこの土地に愛着がある。しかしイリスはそうではない。連れてこられただけの彼女に楽しんでもらえる場所ではないと知っている。

(領地もそうだし、私自身もなぁ……)

便利さや華やかさを捨てて一緒になりたいと思ってもらえるほど、特別なところがあるかという疑問。

ノアは自分にできることとできないことはよく理解していて、誇りに思っているところもある。

しかし自分が王太子と比べて魅力的だと思うほど能天気でもなかった。

王太子のジョシュアは濡羽《ぬれば》のような艶《つや》やかな黒髪と灰色に近いアイスブルーの瞳を持つ美丈夫だ。

表情豊かではないが、以前ノアが挨拶《あいさつ》した時には、控えめながらよく笑う人だという印象を受けた。

ジョシュアはノアが領地で経験した様々なトラブルについて面白おかしく話すのを興味深そうに聞いてくれたのだ。動物が好きなようで、ノアが逃げ出したヒヨコを捕まえようとして両手いっぱいに抱えて失敗した話をすると、自分もヒヨコを手に乗せてみたい、ヴェルディア領に行ってみたい、と笑ってくれた。社交辞令ではなく、ただ素直な気持ちを言ってくれていたように感じて、ノアは思慮深い王太子を好きになった。

夜会でジョシュアとイリスが並んでいるのを見ると、そこだけ絵画から取り出したように感じたものだ。美しく、別の世界から来たような二人。

自分はこの二人が国王と王妃になった将来、臣下として仕えることになるのだな。そうぼんやり思っていた。それはまだ遠い日の想像ではあったが、ノアを誇らしい気持ちにした。

ジョシュアもイリスも、話してみると初対面の印象ほど近寄り難くはない。イリスはノアと二人きりだと、意外なほど思ったことを顔に出し、分かりやすかった。世間知らずなところは危ういほど無防備で、プライドが高くて自分に厳しい。そこをあまり自覚していないところが可愛いと思う。

イリスは彼女自身が何かを上手くできないままでいることを許さない。ノアにとって失敗とは思えない小さな不完全さに悔しそうに息を呑んで、完璧になるまで集中してやり直す。

彼女の集中している時の横顔と、出来た時の誇らしげな、しかしそれを表に出さないように振舞おうとする表情を思い出して、ノアの頬は緩《ゆる》んだ。だがそれはすぐまた曇《くも》る。

ノアはまたため息をついた。ドアノブに添えた手は動かせないままだ。

（どうしよう。このままだと一生信頼されない気がする）

結婚式の夜、ノアはイリスを信頼できる人だと感じ、夫婦としても上手くやっていけると思った。だが、あの夜のイリスの言葉で、彼女は自分と心を通わせる気がないのだと分かった時には心が重くなった。しかもその理由の一つは、ノア自身の軽率な行動だ。

――貴方が誰を愛していても、もう結婚は成立していて、後戻りはできないもの。

あの言葉は、彼女自身に言い聞かせるようだった。

従妹《いとこ》に気持ちを残したまま形だけの結婚をしようとしている男。そう思われているのだ。

ほとんど話したこともないイリスにさえそう思われるような過去の軽率な行動を思い返して、ノアは自分のことが恥ずかしくなった。

自分とアンナに関する噂には自覚がある。でもそんなものただの噂だと気にしてこなかった。大切なのは真実で、近しい人は自分を信じてくれるのだからそれでいいと考えていたのだ。

従妹《いとこ》にエスコートを頼まれて兄代わりに振る舞うことの何が悪いのか。

母には呆れた顔をされ、「後先を考えないで振る舞うと後悔するわよ」と何度か忠告されていた。

未来より目の前のことを大切にしすぎてしまうのが自分の欠点だとは知っている。

彼はこれまで自分自身の足りないところに対して必要な場では取《と》り繕《つくろ》うものの、真剣に直そうとはしてこなかった。それより得意なことで勝負したほうが上手くいくと経験から学んでいたのだ。

しかしできないことを許さないイリスを見ていると、自分が欠点と向き合わないのは逃げだったかもしれないと気づく。弱点に誠実に向き合いたいという気持ちが芽生えたが、そうすると仕事がさらに忙しくなる。必然的にイリスと過ごす時間が減る。そうしてまた、妻を放置している夫という印象が強まっていった。

（ダメだ、また言い訳してる。忙しくても上手くやってる夫婦はいるんだから、時間がないってのは理由にならないはずだ。今日はもうさすがに寝ているだろうし、明日話しかけてみよう）

明日は本来なら移動時間に充《あ》てていたはずの日で、少し余裕がある。

ノアは自分の予定を頭に思い浮かべながら扉を開いた。真っ暗なはずの部屋には、橙色《だいだいいろ》の灯りがついている。

ベッドの背もたれに身体を預けたイリスが顔を上げた。

「イリス」

彼女の青い瞳は赤っぽい光でいつもより濃い紫に見える。その目が軽く見開かれた。

「あら……ノア、おかえりなさい」

「ただいま。随分遅くまで起きているんだね。どうしたの？」

「興味深いものを見つけたのよ。貴方こそ、戻るのは明日以降と聞いていたけれど」

「予定はね。君に会いたくて早く戻ってきたんだ」

イリスは軽く眉を顰《ひそ》める。ノアの言葉の真意を探るような警戒した顔つきだ。

怪我した野生動物のように激しくはないけれど、疑いと、戸惑いが混ざったような視線。

（本当なのに）

ノアは苦笑いすると、ベッドに膝を乗せた。

「それで、君のほうはどんな興味深いものが……」

　イリスの手元には古い手帳があった。それに見覚えがあることに気づき、咄嗟《とっさ》に奪い取る。イリスが非難の声を上げた。

「ちょっと！」

「これっ……！　なんで、君が！」

「これは貴方の筆跡なのね。本棚の奥に押し込まれていたわよ」

　手帳の中身はノアが数年前まで思いついた時に書き留めていた詩だ。韻文と呼べるかどうかも怪しい、拙《つたな》いメモ書き。読める人の少ない古い言葉で書いたもので、筆跡も雑。態度に出さなければ知らないふりをして誤魔化せただろうがもう遅い。

「中を見た？　見たよね」

「なぜそんなに肩を落とすの？　いい文章だと思うわ」

「君は古ティヌム語も読めるのか！　とんでもないよ。思いついたことをそのまま走り書きしているくだらないメモ書きだ。恥ずかしい」

　ノアは手帳を閉じて、手で熱くなった顔を扇《あお》いだ。

「そんな。私は好きよ。特にこの、ヒヨコの雌雄が見分けられない詩」

「よりによって一番くだらないやつじゃないか」

　養鶏場《ようけいじょう》の視察に行った際に、待ち時間が長すぎて書いた詩。雌雄の見分け方を聞いたけれど全く理解できなかった、というだけの内容だ。

「誰にリボンをつけていいか分からないから虹色のリボンを用意して、『Arcum iris parare, colores eligere?（好きな色を選んでくれる?）』と聞くのは貴方らしいと思うわ。それに養鶏場《ようけいじょう》のヒヨコにリボンをつけるのは、ティヌム神話のオマージュでしょう。女神に……」

「ごめん、本当にやめて！　顔から火が出そうだから」

昔書いた詩を真面目に解説されて、ノアの顔は文字どおり燃えるように熱くなっていた。

「そう……。他の詩も素敵だと思うわ。春に戻ってきたツバメや氷の下にいる魚の話を聞いてみたいなんて、私は考えたこともないもの」

やめてほしいと言ったのに、イリスはまだ手帳のことを話題にしている。

ノアは彼女の声に楽しげな音が混じっているのを感じ取って、拗《す》ねた顔になった。

「揶揄《からか》ってる?」

「まぁ！　賞賛は正直な気持ちよ。貴方の目に何が映っているのか、もっと知りたいと思ったわ」

そう言いつつ、イリスの目は愉快そうに細まる。いつもの美しく計算された微笑《ほほえ》みとは異なる、少女らしい笑い方。目尻が下がって幼い印象になっている。

ノアは軽く心臓が跳ねたのを誤魔化すように一度視線を外し、手帳をサイドテーブルに置いた。

「聞いてくれるならいくらでも話すよ。明日は、本当はまだ北部にいる予定だったから一日空《あ》いているんだ。君の予定は?」

「お義母様と美術館に行く予定があるわ」

きっかけを作ったのは自分だが、母とイリスはどんどん仲良くなる。あまりおもしろくない。

「それなら私を優先させても構わないはずだ。明日の君の時間を全部もらってもいい？　母上には私から言うから」

ノアがじっと見つめると、彼女は小さく頷《うなず》いた。

「ええ。何をするの？」

「決めてない。目が覚めた時間によるかな」

イリスの手に自分の手を重ねる。そのまま手を引いて彼女を腕の中に抱き止めたい衝動を抑えて、手を握るに留《とど》めた。イリスが笑ってくれたのが嬉しくて、急に距離が縮んだように錯覚しそうだ。

ノアは自分の気持ちを落ち着けるためにゆっくり呼吸をした。

イリスの手を握って離してを繰り返す。次第に彼女は落ち着かない様子になって、視線を泳がせる。嫌がられていないのを確認しながら、彼女の甲に文字を書くように指を滑らせた。

「何を書いているの？」

「君の名前」

イリスの名前は、彼女によく似合っているとノアは思う。まっすぐ伸びた茎と、高貴な紫色の花。ノアはイリスの瞳をじっと見つめた。青い虹彩《こうさい》に橙色《だいだいいろ》の灯りが映って揺れて、紫が強く見える。

「Tuae pupillae intra, Iris floribus videtur（君の瞳の中にアイリスの花が見える）」

古い言葉で呟《つぶや》くと、イリスは何度か瞬《まばた》きをしてから、ふっと噴き出して笑った。

「一応ロマンチックなことを言ったつもりなんだけれど、そんなに面白い？」

「とてもロマンチックだと思うわ」

「本当？　甘い言葉にうっとりしているようには見えないな」

「そうね……どうして笑ってしまうのか、私にも分からないの」

彼女は肩を震わせるのはやめて、最後に困ったように眉を下げる。

「ノア、私……」

「うん」

「貴方のことを知りたいわ」

ノアの手に、イリスの細い指がそっと触れた。

◇　◇　◇

朝になり、イリスは習慣で陽が出る前に目を覚ました。

隣で眠るノアの穏やかな顔を見て頬を緩《ゆる》める。同時に、昨夜の甘く過ごした時間を思い返して、頬に熱が集まった。

ノアがわずかに眉を寄せて、ゆっくり目を開く。

「ん……イリス……？」

「ごめんなさい。起こすつもりはなかったの」

「いいよ。今日は君と話をしたかったんだ。私は予定がないとなかなか起きられないからありがたい」

彼はゆっくり身体を起こした。イリスはまだ目が覚めきっていないように見える夫の気だるそうな横顔を眺め、昨晩の手帳のことを思い出す。

「貴方は朝の冷えた空気の中、うとうと目を覚ましてまた暖かいベッドに潜《もぐ》るのが好きだったわね」

ノアが目を見開いてイリスを見た。頬がさぁっと赤くなる。

話題にされたくないと言われていたのだと思い出して、イリスはハッと口を閉じた。

「そうだよ。イリス、君は記憶力がよすぎるな」

彼女は昔から賢くて一度覚えたことは忘れない、天才だと褒められてきた。本人は周りにいる人々は彼女を褒めなければならないから褒めているのだと思っていたが。賞賛の裏にある彼らの意図を汲《く》み取《と》って正解の返答をするのが、イリスの役割だった。

「そうね、よく言われるわ」

ノアにはおよそ正解だと思えない返事をする。

彼は目を見開いた。言葉を失ったように口を開いて、閉じる。ノアはよく喋《しゃべ》るが、驚いた時や狼狽《うろた》えた時は無口になるのだなと思いながら、イリスは幼く見える夫を観察した。

「可愛い反応ね」

口から自然と感想が漏れる。そして、成人した男性で敬《うやま》うべき夫を可愛いと感じ、それを口に出してしまったことに驚いた。

「ごめんなさい。可愛いだなんて」

「いや、君に好ましく思われるなら、この際なんでもいいよ。使えるものは使わないと」

ノアの視線はベッドサイドにある手帳に注がれる。

話題にするのが恥ずかしいと言っていたのに、イリスに好かれるためならなんでも使うと言う。なぜそこまでして、政略結婚した妻といい関係を築こうとするのか不思議だ。きっと彼には結婚のきっかけなど関係ないのだろう。

（この人は最初から私に歩み寄ろうとしてくれていたわ。私が義務を理由にその思いを受け取らなかっただけ）

自分の過去の振る舞いが頑《かたく》なで幼稚だったことを自覚して、イリスは心苦しくなる。これからは自分も歩み寄ろうと決め、ノアに話し掛けた。

「ねぇ、ノア。貴方にはお気に入りの場所がたくさんあるんでしょう。その一つを教えて。今日はそこへ行きましょう」

「構わないけれど、一日で戻ってこられる場所は、どうだろう。特に面白いものがあるわけではないよ」

「いいの。貴方の目に映るものを知りたいの。貴方のことを教えて」

朝日を浴びた柔らかな緑混じりのブラウンの瞳は、木漏《こも》れ日《び》の漏れる明るい森の中を思わせる。

イリスは昔の自分が日陰で木漏《こも》れ日《び》を浴びながら散歩するのが好きだったのを思い出した。


翌日の朝。

イリスはベッドの上で痛みに悶《もだ》えていた。侍女のマリアンヌが足を押す。

「あーっ！　マリアンヌ、やめて、痛いわ！」

もう太陽が昇って明るい部屋で、イリスは夜着のまま。珍しい光景だ。そしてその彼女がベッドの上にうつ伏せになって叫んでいるのは初めてのことだった。

原因は、昨日ノアと出かけたことだ。山というには小さすぎる小高い丘を馬で上がった後、馬では入れない獣道を徒歩で抜けた。なんの変哲もない山道もイリスにとっては新鮮だったので、道中は楽しかった。

見たことのない植物や虫の名前を尋ねると、ノアは楽しそうに教えてくれる。けれど、おかしな名前を捏造《ねつぞう》してはイリスが気づくまで騙《だま》し続《つづ》けた。どんどん非現実的なものになり笑いを堪えられない様子でいるのですぐに分かるが、イリスはそのたびに「嘘を教えるなんて！」と怒った。

山道を抜けた後には、目の前にはヴェルディア領の都、エメリアの街並みが広がっていた。

市庁舎と広場を中心とした中央部分には人の行き来が見える。王都ほどではないが、街の中心部にはしっかりと活気があって、彼女は忙《せわ》しなく動く人々を興味深く見つめたのだった。

その代償がこの状況だ。

「もう、信じられませんわ。馬車も通れない道にお嬢様を連れていくなんて！　本当に気の利かない男！」

ぶつぶつと文句を言いながら、マリアンヌがマッサージを続ける。

「マリアンヌ、もういいわ。大丈夫よ」

イリスは身体を起こそうとしたが、全身が痛くて固まった。

「ご無理はなさらないでください。今日は一日ベッドでお休みになりましょう」

「いやよ。そんな、情けないじゃない。貴方もノアも余裕そうな顔して」

「私は出身が田舎で山に慣れているだけです」

「あら、貴女、ウィントロープの出身でしょう？」

ウィントロープはイリスの父が治める領地の都だ。人口の多い華やかな都会である。

「ウィントロープに日帰りできる場所で生まれた女は全員、ウィントロープ出身と名乗るんです」

「まぁ」

長年隣にいた侍女の出身地も把握していなかったことに、イリスはショックを受ける。

「そんなことより、あぁ、お嬢様、お嬢様の足に虫刺されが……！　なんてことでしょう。私、もうノア様のことを一生許せません！」

けれど、マリアンヌがそんなことに本気で怒っているので、次の瞬間には笑ってしまった。

「別にいいわよ。ここでは誰も気にしないわ」

「私が気にします！　冷やすものを持ってまいりますから、お待ちくださいませ」

マリアンヌは慌てた様子で部屋を出ていった。イリスはその背中を見送って、ゆっくりとベッドから起き上がる。着替えの済まないうちから、鉛筆とスケッチブックを取り出した。

（忘れないうちに完成させなきゃ）

昨日見た街並みを刺繍の図案に落とし込むつもりでいた。本当は帰ってすぐに取り掛かりたかったが、昨日は全身が痛くて動けなかったのだ。

（美しい場所だったわ）

午前の白い光を浴びて川が輝き、緑が青々としている。赤褐色《せっかっしょく》の屋根の合間に石畳が見えて、そこを歩く人々の声が聞こえてきそうな街の様子をよく覚えておきたいと思った。

その時、寝室の扉をノックする音が聞こえた。マリアンヌが冷やすものを持ってきたのだと思って顔を上げると、ノアが入ってくる。イリスはまだ身支度すらしていなかったことを思い出して顔を赤くする。ノアの眉尻が下がった。

「起き上がれなくなっちゃった？　ごめん、山登りが初めてだとどうなるか知らなくて」

「だ、大丈夫よ。もう治ったもの。今、起きようとしていたところなのよ」

「そっか。無理しなくていいよ。みんなには、イリスは私のせいで起きられないって言ってあるから」

イリスは絶句した。ノアは〝夫のせいで起きられない〟という言葉が使用人たちの間でどう受け取られるのか知らないらしい。

「貴方……！　まあ、いいわ。どうしたの？　何か用かしら」

「行き詰まったから顔を見にきただけ。一緒に休憩しない？　焼き菓子をもらったんだ」

ノアの顔にはわずかな緊張が滲《にじ》んでいる。断られる可能性を想像しているのだろう。

今までイリスが彼の誘いを断ったことなど一度もないのに。

「いいわよ。着替えるから待っていてくれる？」

「ありがとう。動くのは辛《つら》いんじゃない？　そのままでもいいし、ベッドに座って食べてもいいよ」

夜着のままベッドで食事するなんてありえない。イリスはまた絶句した。ノアがその顔を見て笑う。

「嘘だよ。何時間でも待つから安心して」

「何時間もかからないわよ。マリアンヌが戻ってくるから出ていって」

「ここにいたらダメなの？」

「ダメに決まってるじゃないの！」

「せっかく君に会いにきたのに」

ノアがイリスの手を握った。明るいブラウンの瞳に見つめられて、イリスは固まる。

こんな時どうすればいいか誰も教えてくれなかったので、どうしていいか分からない。顔が熱くなり、幼い罵《のの》り言葉が口から出そうになる。

ノアがパッと手を離した。その瞳が柔らかくなる。

「冗談だよ。着替えが終わったら執務室に来てほしい」

「分かったわ……」

なんだかどっと疲れて、イリスはため息とともに言葉を絞り出した。

「これは？」

ノアが彼女の手元にあるスケッチブックに目を留める。

「刺繍の図案よ。昨日見た風景が美しかったから、忘れないうちに残したくて」

「昨日って、丘の上から見た景色ってこと？」

「ええ、エメリアの街並みよ」

彼はじっとスケッチブックを見つめた。昨日、丘の上から一緒に街並みを眺めた時の横顔を思い出す。

その時の視線は温かかったが、今は感情の読めない顔だ。しばらくしてノアがイリスと視線を合わせた。

「また、一緒に行く？」

「行きたいけれど……」

イリスは少し考える。

「二十日待ってちょうだい。足腰を鍛えないと、息切れしてスケッチどころじゃないもの」

「待って、君が鍛えるの？」

「他に誰がいるのよ」

ノアが楽しそうに笑った。

「鍛えなくても私が運んであげるよ」

「なんですって？」

「ほら、こうやってさ」

「きゃっ！」

イリスの膝裏と背中を支えて、横抱きになるように抱き上げる。イリスは悲鳴を上げた。

「痛っ！　ノア、私、今全身が痛いのよ!?　山上まで運べるわけないでしょう。嘘と冗談はいい加減にしなさい。本当に怒りますからね。一日一回までにして！」

呆れと非難を込めてノアを睨《にら》む。

彼は全く意に介さず、今度は声を出して笑った。

それから、イリスの毎日は以前より忙しくなった。事務仕事の引き継ぎが本格的に始まって、ノアと過ごす時間が格段に増える。

ノアの態度は日々甘やかになって、イリスは彼の柔らかい視線をくすぐったく思う。甘えるように手を握られるのは彼がイリスを求める時で、日中にそれをされると彼女は非難のこもった視線を返した。

ノアはなんでもないというように笑って誤魔化すが、それによってイリスのほうが落ち着かない気持ちになるので、本気で怒っている。

それなのに、ノアは楽しそうに笑うだけだ。

夜会で顔を見合わせてくすくす笑い合う男女はこうして出来上がるのか、と気づいた。

過去に白けた視線を向けていた彼らの一員になったのを複雑に感じつつも、今はこの浮かれた気持ちに身を任せることにしている。

そういう日々がしばらく続いた。ヴェルディアで過ごす日々は、ほとんど変わり映えがしない。

イリスはそれを受け入れていた。

そんな公爵領に住まう人々が楽しみにしているのが、稀《まれ》に開催される宮廷での夜会である。

今回は第二王女、ナタリアの誕生日、及び彼女の婚約者探しのためでもあると噂される秋の夜会。この国を支える公爵家の一員として参加は必須。イリスは義母と準備を進めた。

誕生日を迎える王女への贈り物を選ぶために商人を呼び、ドレスを仕立てる職人と打ち合わせ、生地と宝石を決める。

本日も布を広げて侍女のマリアンヌと話し込んでいると、ノアが執務室から戻ってきた。

「ねぇ、イリス。聖堂の改修工事の人員派遣なんだけど、どう考えてもこの期間で完了させるのは無理……うわ、すごい布だな。埋もれてるけど大丈夫？」

美しく着飾ろうという妻にかける言葉ではない。イリスは夫に呆れた視線を向けつつ微笑《ほほえ》んだ。

「これでも足りないくらいよ。他人事みたいだけど、貴方の衣装も仕立て直すんでしょう？」

「ああ。でも私は仕立て屋に任せきりだから、ちょっと採寸用の人形になったら終わりだよ」

「まぁ！」

彼は定期的に流行《はや》りに合わせて新しく衣装を仕立てるが、本人のこだわりはない。そのせいでいつも無難な服装をしている。

その気になれば彼はもっと美しく見えるはずだと思い、イリスはノアの顔をじっと見つめた。

「どうかした？」

「好みがないなら貴方の分も私が仕切っていいかしら」

「イリスが？　うん、任せるよ」

ノアは楽しそうに笑った。その視線が宝石のルースの一つに止まる。紫がかった青い石と、イリスの瞳を見比べて、そのうちの一つを手に取った。

「好みはないけど、君の色を纏《まと》ってもいい？　婚約したばかりの学生みたいで恥ずかしいかな」

「そんなことはないわ」

イリスは照れ隠しに軽く視線を逸《そ》らす。

「夫婦でも珍しいことじゃないし、王都で私たちの仲が良好だと見せるのはいいことだと思うわ」

彼女と王太子ジョシュアの婚約解消は突然で一方的だった。娘を王妃にすることを熱望していたイリスの父は家でこそ文句を言っていたが、表立っては騒いでいない。イリスも他人に何か言われた時には、聖女と王族の結婚は伝承どおりで国の歴史に沿った事態なので光栄なことだと無難に返していた。

それでも自身とジョシュア、聖女に関する噂話が絶えなかったことは彼女も知っている。第二王女の大切な日に主役である彼女と関係のない噂で会場を満たしては、嫁ぎ先のヴァンデンブルク家の印象が悪くなる。そのためにも、イリスの夫が誰なのか、はっきりと示しておくほうがいい。

ノアが手に取ったルースを箱に戻した。

「……そうだね。じゃあ、そうしよう」

イリスは宝石の中から緑混じりの明るいブラウンを手に取った。それを自分の首元に当てて鏡を覗く。

今まで選んだことのない色だが、華やかで複雑な色味のそれは美しい。鏡で見る自分の姿が新鮮に見えて、彼女は久しぶりに着飾ることに対してはしゃいだ気持ちになった。

（浮かれすぎかしら）

ぽっと頬を熱くして、宝石を箱の中に戻す。ノアからはなんの反応もない。

夫は装飾品に興味がなさすぎて、彼女が彼の瞳の色を手に取ったことにすら気づいていないのだろうか、と軽く呆れを込めた視線を向ける。

石と同じ色の瞳は物憂《ものう》げに見えた。イリスの視線に気づき、彼ははっとした表情をした後、微笑《ほほえ》む。

「いいね。こうしてお互いの色を身に纏《まと》っていれば、とても仲のいい夫婦に見えると思う」

その言葉に引っかかるものを感じて、イリスは一瞬返答に迷った。

「ノア……」

「ノア！」

彼女が自分の言葉をまとめられないまま夫の名前を呼ぶ、その声に女性の声が被る。

開いた扉からオレンジ色に近い赤毛の娘が飛び込んできて、まっすぐノアに向かう。

（アンナ嬢だわ！）

遠くからしか見たことがなかったが、イリスは彼女の柔らかそうな髪と大きな瞳に見覚えがあった。

「アンナ⁉　どうしたんだ。イリス、アンナと顔を合わせたことは？」

「ご挨拶《あいさつ》したことはないわ」

「そっか。じゃあ、ええと、イリス、こちらは私の従妹《いとこ》のアンナ・フェルト嬢だ。アンナ、私の妻のイリスだよ」

イリスははっとして微笑《ほほえ》みを作り、アンナに挨拶《あいさつ》をした。

「はじめまして、アンナ様。イリスと申します」

「はじめまして。アンナでございます。わたしはイリス様を存じ上げておりますわ。とても有名な方だもの」

「まぁ、光栄です。私もアンナ様のことは存じ上げております。ご実家のワインは毎年楽しみにしているの。ご挨拶《あいさつ》する機会ができて嬉しいです」

アンナはさりげなくイリスを上から下まで眺めた。値踏みというには悪意が足りない、まるで初めて会った子供が目の前の人を信頼していいのかと考えているような仕草だ。

イリスはその視線を無視して微笑《ほほえ》み続けた。アンナも微笑《ほほえ》み返す。

「イリス様にも手に取っていただいていたなんて光栄ですわ。毎年ヴァンデンブルク公爵家にもお納めしておりますの。ぜひ今年もお手に取ってくださいませ。……ねぇ、ノア！」

「何？」

アンナはイリスとの会話をそこそこに切り上げて、ノアに駆け寄った。

「なんで返事をくれないのよ！」

「返事？」

彼が首を傾《かし》げると、前のめりになって両手でその上着を掴む。

「お願い！　お父様を説得してほしいの。わたしが王都に行ったらダメだって言うのよ！　ナタリア様の誕生日よ？　わたしだって招待されてるのに！」

「叔父上が言うならダメじゃないか。空気も冷たくなってきたし、発作が心配なんだろう。長い移動はしないほうがいいよ」

アンナはひどく傷ついた顔をした。

「もうずっと発作なんか出てないもの。何年もよ！」

「でも完治したわけじゃないだろ」

「だから何よ。この後はもう冬が来るだけでしょう。なんの楽しみもなく、こんな退屈な場所で冬を越せって言うの？　退屈で死んじゃうわ！」

「アンナ」

「ノア、お願い」

彼女は甘える子供のようにノアの名前を呼ぶ。イリスはノアが彼女を妹のようだと言っていたことを思い出した。

確かに彼女は年齢よりもずっと幼い印象を受ける。少なくとも十八歳は過ぎているはずだが、大きな瞳も相まって、成人しているようには見えない。

「貴方が一緒ならいいって言ってくれるわ」

「それはできないよ」

「どうしてよ！」

「どうしてって……」

ノアが困った顔をして、イリスに一瞬視線を投げた。けれどアンナに視線を戻し、はっきりと告げる。

「私はイリスと行くから。妻がいるのに未婚の従妹《いとこ》のエスコートはできないよ。当たり前だろ」

そこでアンナはイリスの存在を思い出したようだ。イリスを見て顔を顰《しか》め、ノアを強く睨《にら》んだ。

「どうして結婚なんかしたのよ」

「アンナ、誰でもいつかは結婚するものだよ。私も、君も」

ノアはアンナに言い聞かせるように話す。イリスは彼の対応がアンナを逆上させるのではないかとハラハラしながら見守った。

ノアの言葉は正しい。それゆえにアンナを大きく傷つけるに違いない。

予想どおり、アンナの顔が泣きそうに歪《ゆが》んだ。彼女の唇が小さく震える。

「……わたしは、わたしが貴方と結婚するものだと思っていたわ」

「え？」

ひそやかな、しかしイリスにもはっきりと聞こえる声だった。ノアは本当に驚いているようだ。

その反応も、アンナを傷つけた。彼女の大きな瞳からぽろっと涙が落ちる。

「馬鹿！」

短い言葉でノアを罵倒《ばとう》すると、部屋を飛び出した。ノアは呆然と彼女が消えた扉を見つめていたが、はっと現実に意識を戻したようだ。扉に駆け寄って廊下に向かって叫ぶ。

「アンナ！　走るのはよくないよ！」

「うるさい！　黙りなさいよ！　ノアの大馬鹿！　大っ嫌い！」

叫び声が廊下に響く。ノアは追いかけようと足を一歩踏み出し、一度止まって振り返った。

「イリス、アンナの態度が悪くてごめん！　走ると身体に障《さわ》るから止めてくるよ！」

イリスは小さく頷《うなず》く。

アンナの言葉や視線よりも、ノアが彼女を身内扱いしたことのほうが胸にもやもやと重たい感情を呼び起こしたが、それを言葉にはできなかった。

二人分の足音は絨毯《じゅうたん》に吸い込まれてほとんど聞こえない。そのうち庭先で怒鳴り声がした。イリスがぼんやりと窓の外に目を向けると、走るアンナにノアが追いついたところだ。

彼が手を掴むと、アンナはその手を振《ふ》り解《ほど》いて叫ぶ。何を言っているかまでは届かないが、彼女が泣いているのは分かる。

ノアがアンナの腕を引いて、彼女を抱きしめた。小さい子供を宥《なだ》めるように背中を撫《な》でている。

そのうちアンナの声は聞こえなくなり、彼の腕の中で震えているのが見えた。

イリスは目の前で繰り広げられるドラマチックな光景を、他人事のように観察する。自分は渦中にいないから他人事だ。相手がたとえ自分の夫でも、関係あるようには思えない。

ノアはアンナを妹のようだと言っていた。

実際そうだったのだと思う。アンナがこの場に来ても後ろめたそうな顔をしなかったし、彼女がノアと結婚するのは自分だと思っていたと呟《つぶや》いた時も心から驚いているように見えた。

アンナはまだノアの腕の中で泣いている。ノアは落ち着いた様子で彼女を宥《なだ》めていた。きっとこれまでも何度も繰り返されてきたことなのだと想像できる。

そのうちノアの腕が緩《ゆる》んで、彼はアンナと目を合わせた。アンナの瞳にはまだ涙が浮かんでいて、大きな瞳が潤《うる》んでいる。

ノアは彼女が泣きやんだことにほっとしたようで、その表情を緩《ゆる》める。優しく彼女を見つめた。

イリスがこの二人を夜会で見たならば、彼らは相思相愛なのだろうと思ったはずだ。

アンナを見つめるあの視線を、イリスが誰かに向けられたことはない。イリスの兄は妹にあのような顔はしない。

ノアの視線が妹に向けるものなのか、女性に向けるものなのか、彼女には判断がつかなかった。

ソファに座って、マリアンヌに淹《い》れてもらった紅茶には手をつけずぼんやりする。

しばらくして、ノアが一人で室内に戻ってきた。まだそこにいるイリスを見るなり、駆け寄ってくる。

「イリス、さっきはごめん！」

「構わないわ。アンナ様は落ち着いたの？」

「え、ああ、……うん。侯爵家に迎えを依頼してきたんだ。咳も出てないし問題ないと思う」

「よかったわね」

ノアがイリスの横に座った。

「イリス」

「何かしら」

「こっちを見てほしい」

イリスは静かに呼吸して、ノアと目を合わせる。軽く口角を上げた。

「生地は選び終えたの。明後日テーラーを呼んでいるから、採寸に付き合ってほしいわ」

「それはもちろん。イリス、アンナが言っていたことだけど……」

ノアは言葉を選びかねているようだ。口が開き、また閉じる。

彼はイリスを他の人に任せて、アンナをエスコートするとは言わないはずだ。二人の間には何もなかったというのも本当で、これからもアンナとの関係を進展させるつもりはないだろう。

アンナがノアに片想いをしていた。それだけだ。

（だから私が二人の関係について、何か思うのは間違ってるのよ）

何もされていないのに、悲しむのも、怒るのも、違う。

それに、自分の胸に感じるこの重さは、悲しみとも怒りとも違う気がする。

イリスには、アンナのようにノアに対して投げつけたくなるような言葉がなかった。

「深刻な顔をすることではないわ。アンナ様が貴方に想いを寄せていたのは罪ではないでしょう」

「いや、あれは……！」

ノアは思わずといった様子でイリスの言葉を否定しようとしてから、首を横に振る。

「なんでもない。アンナが何を言っても、私が今後彼女の同行者になることはない。君の立場を蔑《ないがし》ろにするような発言を許してごめん」

「大丈夫よ。貴方は彼女に自分の立場を伝えてくれたでしょう。今後も貴方が何かするとは思ってないから安心して」

彼はイリスをじっと見つめた。

彼女が口にした以上の何かを彼女の中に探すような視線が嫌で、イリスは目を逸《そ》らしたくなる。

緊張状態を和《やわ》らげるには笑顔がいい。だから、軽く微笑《ほほえ》んだ。ノアはわずかに顔をこわばらせ、ゆっくり息を吐く。

「信じてくれてありがとう。イリス、私は……」

彼の瞳が不安げに揺れた。けれどその後の言葉は、はっきりとした口調になる。

「私は、君を愛してるよ」

イリスが人からもらった初めての愛の言葉は、想像していたより心を動かさなかった。

だって、ノアの気遣うような視線は、彼女の反応に不安を感じていることを表している。

(そんなに気を遣わなくたって、私は貴方を疑ってなんかいないわよ)

「ありがとう。私もよ」

もらった言葉に同じ気持ちを返したのに、ノアの表情は硬いままだ。

(不安も不満もないもの。なんの問題もないわ)

何もないのに、イリスの胸は重たい。ノアの言葉は彼女の気持ちを軽くしてくれない。

ノアにどうしてほしいのか、イリスは自分でもよく分からなかった。


とある日の雨の午後。

イリスはマリアンヌとともに、室内でソファに座り手仕事をしていた。

「お嬢様っ、お嬢様！　針が！」

「え？　……痛っ」

刺繍枠に添えていた左手を離す。

ソファに座ってぼんやり小さな模様を刺しているうちに、意識がここではないどこかに行ってしまっていた。左手の人差し指に、ぷっくり小さな赤い丸ができる。

「ああっ！　なんてことでしょう。大変、水を持ってきますから」

「平気よ。拭《ぬぐ》うだけでいいわ」

イリスはハンカチで指を軽く押さえた。

「お嬢様っ、せっかく刺繍したハンカチにそんな！　血は洗っても落ちませんわ」

「マリアンヌ、ハンカチは使うためにあるのよ。汚したくないものは持ち歩かないわ」

「でもせっかく美しい作品ですのに……お嬢様、すぎたことを申しますが、ノア様ときちんとお話しされたほうがよろしいかと思います」

「ほとんど毎日話しているわ」

「仕事の話しかしていないじゃありませんか」

「王都に出る前に片付けることが多くて忙しいの。片道十日もかかるんだもの」

マリアンヌがイリスの態度にもどかしそうな顔をして前のめりになる。

「お嬢様、ノア様には、はっきりと言いたいことを伝えたほうがよろしいですわ！　あれほど分かりやすく想われていて全く気づきもしないんだから、言いすぎなくらいでちょうどいいです！　泣くまで罵倒《ばとう》しても足りないくらい！　アンナ様だって失恋は気の毒ですけれどね、妻帯した従兄を約束もなく訪問するなんて、正直、非常識にも……」

「マリアンヌ」

そこでマリアンヌは、はっとした顔をして口をつぐんだ。

「貴女が私の味方でいてくれるのは嬉しいわ。けれど終わったことで人を責めるのはやめなさい。ノアと改めて話すこともないわ。彼は自分の立場を明確に言葉にしたし、私に対しても変わらず親切に接してくれているでしょう。何を話せばいいの？　私はノアに何を言えば――」

イリスは下を向いて、小さな声で呟《つぶや》く。

「……この気持ちが晴れるのよ」

「お嬢様」

イリス自身も、ノアとの関係がまたぎこちなくなった自覚はある。以前ほど気軽に雑談もできないし、話そうとしても言葉に詰《つ》まる。時間が解決するものだと思っていたが、時がたつにつれてむしろ気まずさは増していた。

マリアンヌと一緒にいてもぼんやりしてしまうことがあり、そんな時は自分が何に気を取られているのかよく分からない。

イリスはそこで顔を上げた。

「ノアがもう二度とアンナ様と目も合わせないと宣言してそれを守ってくれたって、きっとすっきりしないのよ。それより彼が親戚に冷たくしなきゃいけない状況を作ったことに心苦しくなるわ」

もう一度ため息をついて、刺繍の針を生地に刺してテーブルに置く。

「彼も私も自分の役割は果たしているのだから、なんの問題もないのよ」

そして、話を終わらせるために立ち上がった。マリアンヌは納得していない顔をしたが、それ以上は口を開かない。

「少し休むわ。天気も悪いし、貴女も戻ってゆっくり過ごしてちょうだい」

彼女には一つ嘘をついた。

イリスは役割を果たせていない。

マリアンヌが立ち去った部屋で、イリスは小さくため息をついた。

◆◆◆

ノアは騎士団駐屯所にて、新しい宿舎の建設現場をぼんやり眺めてため息をついた。

「ノア様」

騎士団の隊長の一人、背の低い黒髪の青年が、資料から顔を上げる。ノアの顔を見て顔を顰《しか》めた。

「ため息つくのやめてくださいよ」

「……ため息くらいついてもいいだろ。人がいるとつけないんだよ」

「俺がいるんですが」

「キースは私が悩んでても興味を持たないから数えてない」

「興味はなくても鬱陶《うっとう》しいです。若手の走り込みにでも交ざってくればいいんじゃないですか？」

ノアはキースに呆れた視線を向けた。

「私は暇でここにいるわけじゃないんだけど」

「ぼさっと立ってるのは暇と同じだと思います。邪魔ですし」

「は？　なんでお前はそういう……」

苛立《いらだ》ちのまま口を開いて、言葉が出る前に閉じる。キースが訝《いぶか》しげな顔をした。

「なんですか？」

「いや、……普通、嫌なことがあったら怒るよね。怒らないのは諦めているからだ。言っても意味がないし、話す価値がないって思われてる」

「話が抽象的すぎて理解できません。やっぱり暇なんですね。そういや石材の搬入が遅れているせいで、これの計画に支障が出てるらしいですよ」

「え？」

彼は建設途中の建物に目を向ける。そしてノアを見た。

「なんとかしといてください」

「ちょっと待った、それいつ分かったこと？」

「さっき騎士団長たちが揉《も》めてました」

「は？　聞いてない！　ルークはどこに？」

「騎士団長なら仮の宿舎の団長室にいると思います、多分」

「多分じゃ困るよ！」

ノアはキースを置いて、第二騎士団の仮の宿舎にある団長室へ走った。

第二騎士団はヴェルディアの中心から隣国との境界を担当する。長を勤めるルークは、ノアの父方の従兄。堅そうな赤毛の背の高い男で、年はノアより十五歳年上の三十代後半、働き盛りだ。

ルークは騎士団長室に入ってきたノアを見て「どうした？」とのんびり呼びかけた。

仮の宿舎は簡易的な造りで装飾が少ない。中でも、騎士団長室はその主の性格からか、ものがほとんどなかった。

「キースから、石材の搬入遅れで計画に遅延が出てるって聞いたんだ。どれくらいの遅れなの？」

「遅れ？　ああ、それなら解決した。搬入経路が強風で倒れた木で潰れているのが原因なんだ。うちで護衛するからちょっと嫌な道を通ってくれって、キースにその人選を頼んだところなんだが」

「は？」

ノアはルークの顔をまじまじと見る。彼が冗談を言っているわけではないと分かると、深く息を吐いてその場にあったソファに座った。下を向いて手を組み、額《ひたい》を自分の手で支える。

「ふざけるなよ」

「ごめん、許してやってくれよ」

軽く笑うルークの声に、この場にいないキースへの恨みを込めて顔を上げた。その鋭い視線を、ルークは苦笑いで受け流す。

「こんなタチの悪い冗談は笑えない。影響範囲が広すぎるよ！」

「まぁな。多分、俺にお前の話を聞いてやれってことだよ。元気ないだろ？　気にしてたよ」

「え？」

「話す気はあるか？　どうする？」

ノアは呆気に取られてルークの顔を見て、呆然としたまま呟《つぶや》いた。

「気にしてたって……」

「ぼーっと現場に立ってるから危ない、早く追い出せって言われた。相談相手は俺でいいか？」

ルークはその場にあった瓶から冷えていない果実水を二人分注いで、テーブルに置く。そして、自分もノアに向かい合うようにソファに座った。ノアはコップを手に取らず、ルークの顔を見つめる。

「さっき私は彼に『キースは私が悩んでても興味を持たない』って言った」

「ん？　ああ、いいんじゃないか。そう思っててほしいんだろう」

ルークはあっけらかんとしている。ノアは下を向いて、小さな声で呟《つぶや》いた。

「言ってくれなきゃ分からないよ。知らなかったら感謝もできないし、何も返せない……」

「でも言いたくないんだろ。そういう奴なんだよ」

その言葉に、顔を上げて立ち上がる。

「言ってることとやってることを統一してほしいんだ！　分かるわけないだろ！　そんな、逆のことを！　言われて！」

二人での会話にしては大きすぎる声で叫んでから、ノアは乱れた息を整えるために深く呼吸した。ルークが座るように促《うなが》す。

「落ち着けって。他にキースみたいな天邪鬼《あまのじゃく》がいたのか？　まぁ分かりにくいよな」

ノアはもう一度深呼吸する。ソファに音を立てて座り、下を向いた。

「……アンナが、私と結婚するのはイリスじゃなくて自分だと思ってたって」

「へぇ、野心的だな。公爵夫人の地位を狙ってたのか」

そこでぱっと顔を上げる。

「そうだよ、おかしいんだ！　アンナはヴェルディアが嫌いなんだから。この前なんか『こんなところにずっといたら退屈で死ぬ』とまで言っていた。私と結婚したら、一生この場所から出られないだろ！　一生だ！　それなのに結婚したかったとか言われても、意味が分からない。何考えてるんだよ。それで私が悪いって、鈍感だって泣かれるのは絶対におかしい」

「まぁ、そうだな。理不尽だと思うよ。だけど、若い女性はそういうものじゃないか。『どうしても君に一緒にいてほしいんだ』って、お前に言ってほしかったのかもしれない。『もう離さない』って抱きしめるなりしてさ」

「それは違うよ」

「なんで分かるんだ？」

「アンナが気を引きたいのは私じゃなくて叔父上だから。五歳の頃から何も変わってない」

ソファに深く腰掛けて、はぁ、と息を吐く。

アンナの最初のお願いは、長期の外出が多かった叔父の帰りを迎えるために夜遅く起きているのを許してほしいというものだ。叔父には身体に障《さわ》るからという理由で断られた。ノアは誰にも許可を取らず、協力してくれた使用人とアンナの部屋にランプを持ち込んで叔父の帰りを待って途中まで起きていた。結果、アンナはそこから一週間、高熱と咳で寝込んだ。

ヴァンデンブルク公爵家の跡取りに、叔父とはいえ次期侯爵という立場でしかない男が言えることは多くない。アンナが回復した後、ノアは叔父にもう二度と同じことはしないし、彼女とも遊ばないと言って謝った。その際、「今までどおり娘と遊んでほしい」と言ってくれたのが叔父の本心だったのか、ノアにはいまだに分からない。

ただ、自分と一緒にいる時にアンナが体調を崩して叔父の信頼を裏切るような真似は二度としないと決めている。

「だから……」

そこでノアは軽く笑った。

「だから、なんだって話か。私がいざという時に、妻より従妹《いとこ》を優先させる夫だってのは変わらない」

下を向いて呟《つぶや》く。ルークが足を組み直して手を顎《あご》に当てる。

「なるほどね。アンナとの会話を聞かれて離婚の危機ってことか。優先させたってのはなんだ、馬車から降りるのに先に手を貸したとか？　ウィントロープの女性はプライドが高いから激しそうだな。ちゃんと大人しく殴られたか？」

「違うよ！　イリスは、違う。……殴られるほうがマシなくらいだ。全然気にしてないって言うんだ。怒る価値もないと思われてる」

ノアは大きく息を吐いた。

「イリスと話してたら、アンナがいきなり屋敷に来たんだ。王都の夜会に行けるように叔父上を説得してほしいって。もちろん断ったよ。そしたら泣きながら走り去ろうとするから、イリスを置いて追いかけたんだ。走ると咳《せ》き込《こ》んで大変だっただから焦ってて、気が回らなくて。アンナを動揺させたのも私だし、とりあえず止めなきゃと思って……」

その話にルークは頷《うなず》く。

「まぁ、緊急性の高いほうを優先するのは間違ってないな。責任も感じてると。お前らしいよ」

彼の口調には棘《とげ》がある。ノアは息を詰まらせた。

そんな反応を見て、ルークは表情を緩《ゆる》める。

「それじゃダメなのが夫婦とそれ以外ってことだろう。お前はもう自分がアンナを追いかけていい立場じゃないってのが分かってなかった。妻への気持ちもまだ育ってないんだろ。それは認めたほうがいいぞ。下手に『愛してる』とかさ、『君のほうが大事だ』なんて言うほうが火に油だ」

「な……」

ノアは目を見開いた。

「ああ、もう言った？　言いそうだな」

「言った。よくない？　本当にそう思ってる……はずだ。イリスのことを愛してるって」

瞳が不安で揺れる。確かにそうだと思って口にした自分の気持ちが違うかもしれないと指摘されると、急に足元が不安定になったような気分になった。

「よくないというか、まぁ、お前は言葉に頼りすぎなんじゃないか」

ルークが考えるように少し視線をずらす。

「ノアは喋《しゃべ》るのは結構得意だよな。自分の気持ちを自分で分かってることが多いし、それを相手に伝えることもできる。でも多分、そうじゃない人のほうが多いよ。自分の感情に気づいてないことだってたくさんある。無自覚に嘘をつく時も。『全然気にしてない』って言葉をそのまま受け止めるなよ。それが本当なら、多分お前も気にしてないよ。彼女の態度がいつもと違うから、ずっとため息ついてるんだろ」

「避けられてる」

ノアが答えると、ルークは軽く笑う。

「ほら、気にしてないなんて嘘だ。でもきっと、彼女も分からないんだよ。どうしたいのか、どうしてほしいのか、分からない時もたくさんあるんだ」

「じゃあどうしたらいい？　イリスが分からないことを、私が勝手に決められないよ。分からなくて、イリスの言葉も本当じゃないなら、何を指針にしたらいいんだ？」

「さぁ」

「さぁって！」

「それを一緒に探すのが夫婦だ。お前は彼女の気持ちやらお前の気持ちやらで悩んでるけど、それはさ、お前たち二人以外にはどうでもいいことだよ。役割を果たすだけの関係なのか、それ以上のものにするのか、お前たちが決めることだ。彼女を愛したいっていうのも、今はお前が言ってるだけなんだろ。向こうは愛されたいと思ってないかもしれない」

ノアは自分の心臓の鼓動が速まるのを感じた。ルークの言葉は重たく、呼吸を難しくさせる。

ルークは困ったように笑った。

「ちょっと言いすぎた。とりあえず、信じてほしかったら信じられる行動をするしかないよ」

ノアはゆっくり頷《うなず》く。その表情は暗い。

「遠慮なく刺して悪いな。なぁ、ノア、あとさ、人の気持ちは変わるんだよ。アンナだって最初は父親の気を引きたかっただけかもしれないけど、お前に優しくされて本当にお前を好きになったのかもしれない。変わらないものはない。だから過去や知っている情報で決めつけるな。気持ちも関係も戦況と一緒だよ。流動的だ。考え続けて、対応し続けなきゃいけないんだ」

「ルークはさっきからずっとアンナの味方をしているように聞こえる」

「もちろんだ。拗《す》ねるなよ。俺は騎士だから、どちらかというと弱きを助けるんだ。でも、お前のこともいい方向に変わるように応援してるよ」

ルークが立ち上がってノアの頭をぐしゃぐしゃに撫《な》でた。

「ちょっ……」

「一緒に考えてやれなくてごめんな。でもその役目は俺じゃない。妻と一緒に考えろ」

「避けられてるのに？」

「ああ、それでもだよ。それでもお前と一緒に考えるのは、イリスしかいないんだ。それが夫婦だ。唯一無二になるように、お互いが努力するんだよ」

彼が目を細めて笑う。ノアは笑顔を返さず、その手を頭からどかした。

「婚約者にフラれた兄さんに言われても説得力がない」

「馬鹿言え、失敗談のほうが使えるだろうが。成功者の言うことは全部ためにならない、ただの自慢話だ。ノア、次は自慢話をしに来いよ」

ノアが騎士団宿舎から屋敷に戻ると、本邸からの使者が来ていた。ノアの母、ヴァンデンブルク夫人からの呼び出しらしい。

ノアは着替えたらすぐに行くと伝えて、埃《ほこり》っぽくなった上着だけ交換した。二階から吹き抜けになった正面玄関に続く広い階段を急いで下りる。

使用人が開いた正面玄関の扉から出ようとした直前、二階から人の声が聞こえたので振り向いた。イリスがケビンとともに、書類を抱えて部屋から出てくる。

(イリス)

イリスが自分の顔を見たくないようだと気づいてから、ノアは必要がなければ彼女に会わないように気遣っていた。やめ時が分からず、仕事以外で話し掛けるのが難しい。

(でもそれじゃ、何も変わらないんだ。変えたい。私はイリスと、次の日になったら覚えてないような、なんの役にも立たない話をしたい)

ノアは視線が合うことを期待しながら、彼女の姿を見つめた。

(話に集中しているみたいだし、無理か。挨拶《あいさつ》したら迷惑かな)

諦めて外へ向かおうと思ったところで、イリスが顔を上げる。目は合わないが、話はキリがいいらしい。

ノアは息を吸った。

「イリス、ただいま!」

一階から呼び掛けると、彼女は目を見開き、礼儀正しく控えめな笑みを見せる。ノアの名前を知らなくても見せたであろう表情だ。心から笑っていると感じる時は、もっと違う笑い方をする。そのことに胸が痛んだ。

イリスの唇が「おかえりなさい」の形に動いたが、声は聞こえない。声が聞きたいなら、もっと近くで話し掛けないとダメだ。

(今日、戻ったら、絶対イリスが寝る前に部屋に行く。おやすみって顔を見て言う)

「本邸に行ってくるよ!」

もう一度、ノアは大きな声で呼び掛けた。手を振ると、イリスが少し手すり側に移動する。

「いってらっしゃい」

小さな声だがちゃんと聞こえた。

「いってきます」

ノアが微笑《ほほえ》んで答えると、彼女も控えめな笑みを見せた。

ノアは公爵家本邸に到着した後すぐに応接室に通された。

ヴァンデンブルク夫人はひと口ティーカップに口をつけ、静かにソーサーに戻す。

「私はずっと貴方たちの結婚に反対してたの。今も考えは変わってないわ」

いきなりの言葉に、ノアは眉を顰《ひそ》めた。

(そっちが決めたくせに今さらなんだよ。私じゃ上手くいかないのが分かってたって言いたいのか？　……ああそれで、いざとなったら引き止めるために、イリスと仲良くしてたんだ)

彼は軽く口角を上げる。

母が反対していようと、不仲であろうと、今さらイリスとの結婚が取り消しになることはない。ただ文句を言うためだけではさすがに呼び出されないだろうと思い、夫人に話の先を促《うなが》す。

「それで、今度はどんなありがたいアドバイスをくれるの？　今なら多分大人しく聞くよ」

「その言い方はやめて。恨んでくれて構わないわ。仕方ないでしょう。ヴェルディアを愛してくれない女性に……少なくともそう振る舞えない女性には、貴方の妻は任せられません」

「ヴェルディア？　イリスはこの場所を気に入ってくれているように見えるけど、母上の前では違うの？」

ノアは話が嚙み合っていないことに気づいて、母の顔を見つめた。

「イリスじゃなくて、アンナのことよ」

「アンナ？　アンナとの結婚話なんか出たことないだろ」

「私が聞かせてないから」

「そう。いいよ別に、結婚相手なんか私が決めることじゃない。それで、なんの話がしたいの？」

ノアは苛立《いらだ》って夫人を睨《にら》んだ。息子に睨《にら》まれて、ヴァンデンブルク夫人の表情が硬くなる。

「アンナが別邸に来たと聞いたわ……あれは、私が原因よ。貴方とイリスの関係を乱すきっかけを作ったことを謝罪します」

「母上が？　どういうこと？」

「侯爵家に、アンナがむやみに貴方と接触しないように頼んでいたの」

ノアはふっと笑った。

「今まで私がアンナと距離を置けっていう母上の忠告を聞かなかったんだから、当然の対応じゃないか。気を遣ってくれてありがとう。今回のことが母上のせいだとは思わないよ。私の自業自得だ」

「私の言う接触には、手紙も含まれていたわ。メイが中身を確認してくれてた」

メイはアンナの母親で、夫人にとっては義理の妹にあたる。

「ああ、アンナが返事がないって言ってた。それのことか」

「そうでしょうね」

「つまり義理の妹に娘の手紙を開封させた罪悪感に耐えられなくなって、責めてほしいから呼んだの？　いいよ。いくら私が信頼できなくても、他人宛の私信を勝手に開封するのはどうかと思う。これでいい？　もう戻るよ」

ノアは立ち上がろうとしたが、夫人が引き留めた。

「待ちなさい！　違うわ。貴方の話を聞きたくて呼んだの。手紙まで処分する判断は……間違っていたんでしょうね。あの時も、アンナとのことは私が判断を間違えたと思うから、勝手に決めるのをやめようと思ったのよ」

「あの時って何？」

「貴方が侯爵家の屋敷にランプを持ち込んだ日。気づいていたけど、アンナがローガンに会いたがってたのを知ってたから見逃したの。そのせいで貴方にアンナに対する妙な責任感を植えつけたでしょう。距離を取らせようとしても上手くいかないし……一緒になりたいのかと思っていたわ」

思わず大きなため息が口からもれる。

「そんなこと、思ったことはない」

「でも貴方は昔から、アンナに頼られると嬉しそうだった」

「嬉しそう？」

母の指摘に、ノアは思わず声を出して笑ってしまう。

「それはそうだよ。だって私は出来が悪くて、アンナ以外に頼られることなんかなかったんだから！」

彼の怒鳴り声に、夫人が目を見開く。

「母上の言うことは全然聞かないし、集中力もなくて勝手に講義の部屋を抜け出してた。後先考えないし、思ってることがすぐ顔に出るし、せっかく結んだ公爵家との縁を従妹《いとこ》との関係にけじめがないせいで台無しにしようとしてる。この家の跡取りに相応《ふさわ》しくないんだろ。知ってるよ！」

「相応《ふさわ》しくないなんてそんなことないわ。ノア、私は貴方を相応《ふさわ》しくないと思ったことなどないの」

彼女は手紙を一通差し出した。

「アンナの手紙よ。貴方に会いたいって書いてある。会えるだけでいいって。私が貴方たちの関係を後押しすることはできない。今もできないの。でも、気持ちを整理する機会を用意するべきだったと思うわ。今さらでもちゃんと貴方の話を聞きたいと思ったのよ。……ごめんなさい」

ノアは夫人の手の中にある手紙をじっと見つめた。

アンナの気持ちはここに書いてある。ノアの気持ちを母は確かめようとしている。

彼は顔を上げて微笑《ほほえ》む。

「母上が私を呼んだ理由が分かった。私がアンナと駆け落ちでもしようとしてないか確認したかったんだね。考えたこともないから安心していいよ。仮に私がアンナを愛してたってしない。いくら出来が悪くても、さすがにそれくらいの分別と責任感は……私の中にも育つよ」

自分と同じ色の母の瞳を見つめる。彼女の瞳には動揺がはっきりと表れていた。

今の発言が母親を傷つけたことが分かって、ノアは間違いに気づく。

「父上にも伝えておいて。気まずいことを、いつも母上に言わせるのはやめてって」

「ノア、違うわ」

「心配をかけてごめん。今後は信頼されるように努めるね。イリスは多分、私をどれだけ嫌っても出ていかないはずだから安心しなよ。私と違って責任感が強い。義務は絶対果たしてくれるよ」

「ノア」

むしろイリスには、〝嫌う〟というほど強い感情も抱かれてない。そう続けそうになったが口を閉じ、ソファから立ち上がった。夫人がそれを追いかけるように立ち上がって叫ぶ。

「ノア、待って、違うのよ！　そんなこと疑ってない！　待ちなさい！」

母親の制止の声を無視して、ノアは部屋をあとにした。

◇　◇　◇

イリスが書類仕事を終え、マリアンヌと話をしたその日の夜。

彼女の予想に反して、ノアは寝室にいた。夜着に着替えて雑に髪を崩し、ベッドの脇にあるイスに腰掛け本を読んでいる。

彼はイリスが部屋に入った瞬間、立ち上がった。

「イリス！」

「何を読んでいたの？」

「え？　えーと……」

ノアは本の表紙を見て、読み上げる。

「グレイウィン、の『領地経済学』」

開いていたのに読んでいたわけではないらしい。イリスに責める意図はなかったが、彼は気まずそうに笑った。

「今日は遅いんだね。忙しかった？」

「いいえ、いつもどおりよ」

「そっか。えっと、少し話をしてもいい？」

「ええ」

ノアがベッドに座るように促《うなが》す。イリスはその手の示す先に腰掛けた。

彼女はノアが隣に座るものだと思っていたが、彼は立ったままだ。斜め前、少し離れたところに片膝をついた。イリスは立ち上がろうとしたが、彼はそれを制す。

「君はそのまま座ってて」

「……何を！」

「謝ろうと思って」

「謝罪？　アンナ様のこと？　それなら、もう受けたから十分よ」

「私は十分じゃないと思ってる」

「でも」

「イリス」

強い声で名前を呼ばれ、イリスは困惑してノアを見つめた。

「話は聞くわ。でも、立ってちょうだい。貴方がその状態じゃ落ち着いて聞けないわ」

彼ははっと顔を上げて、申し訳なさそうな顔になる。

「そっか、ごめん。こうすると君に許しを強制してるみたいだね。そういうつもりじゃないんだ」

そして、少し考えるように視線を外す。

「言葉以外に何かできたらと思ったんだけど、難しいな。座って話すね」

ゆっくり立ち上がって彼女の横に座った。悩んでいる様子に、イリスは思わず謝罪を口にする。

「あの、ごめんなさい」

「え？　なんでイリスが謝るの？」

「私がいつまでも貴方を避けているから、こんなことをさせてしまうんでしょう。申し訳ないわ。態度が悪い自覚はあるの。明日から改めるわ」

「そうじゃないよ。改めなくていい。あ、避けてほしいって意味じゃなくて、君に非があって何か直さなきゃいけないとは思ってほしくない」

ノアがイリスに膝を向けた。

「イリス、今回のことは本当にごめん。私は自分がイリスを蔑《ないがし》ろにしてるって気づかなかったし、謝ってはいたけど、自分がアンナを追いかけて当然だと思っていたところがある」

「それは、でも、仕方のないことだわ。アンナ様は走ったら身体に障《さわ》るのでしょう？」

「うーん、まあ、多分。分からない。そう思ってたけど、もうそうではないかもしれない。知らないんだ。でもそこはあまり重要じゃないと思ってる」

彼女は困惑したまま、言葉の続きを待つ。

「アンナがどうって話じゃなくて、私がアンナを……アンナの体調とか気持ちの状態とかに、なんというか、責任があるような気でいたのが間違っていたと思う」

「幼い頃から兄のようにそばにいたら仕方ないわ」

ノアは困ったように笑った。

「イリス、私の言い訳を代弁しなくていいよ。その兄のようにっていうのもおかしいんだ。兄じゃないからね。あの日、多分イリスからも庭が見えたと思うんだけど、私はアンナを追いかけて、そのまま抱きしめて慰《なぐさ》めたよね」

イリスは軽く目を見開く。それをノアの口から直接言われるなんて、予想していなかった。

彼女はゆっくり頷《うなず》く。

「手を振り払われたから止めるために仕方なくて……って言い訳はできるんだけど、理由があればしていいことじゃなかったと思う。それに本当に妹だったとしても、この年齢では普通しない。そういうことに全部、私はずっと気づいてなかった。というか、……どうなんだろう、考えないようにしてた、のほうが正しいのかな」

「今は、それに気づいた、ということ?」

「うん。自分のしたことが本当に不誠実だったたってやっと気づいた。だからもう一回謝りたいと思って君を待ってたんだ」

イリスはノアの話を整理しながら、少しずつ言葉を返す。

「貴方の、今の……その説明は、アンナ様を……女性として見ていたということになるわ。それをわざわざ私に宣言して、どうするの？　私は最初に言ったわ。事実はあまり大切ではないの。貴方の気持ちがどこにあるかは私にとっては大事なことじゃないのに、どうしてわざわざそれを話すの？　貴方のその気持ちを認めて許容しろと言いたいの？　それを表立って私に……知った上で、許せというのは、あまりにも……」

言葉が出てこない。なんと言っていいか分からなくて、簡単な短い単語だけが出る。

「ひどいわ」

声が震えそうになったが、最後まで言い切った。

「えっ、ちょっと待った、違うよ。本当の意味で謝罪できてなかったから、改めて謝ってるんだ。アンナと関係を作るためじゃない。君に認めてほしい気持ちなんてないよ」

「貴方、貴方は……さっきから、本当だったらアンナ様を今すぐ抱きしめに行きたいけど、私と結婚してるせいでできないって言ってるようにしか聞こえないのよ。馬鹿にしてるの？」

ノアが目を見開く。そんなことにも気づかない彼に苛立《いらだ》って、イリスは衝動的に立ち上がり扉を指差す。

「あの扉から出ていって今すぐアンナ様に結婚してくれって跪《ひざまず》いたらいいわ。そしてこの前みたいに抱きしめて、今度は口付けでもすれば、さすがに貴方も自分の気持ちに気づくでしょう。確かめてみなさいよ」

彼はぽかんとしてイリスを見た。

「早く出ていって」

彼女がもう一度念押しすると、首を横に振る。

「嫌だ」

「何が嫌なのよ。立場が気になるなら私がお義父様とお義母様に話しておくわ」

「何言ってるんだ、絶対嫌だ」

「じゃあ自分で話してきなさい」

「そういう問題じゃない。そんな話はしない」

「じゃあどうするの？　このまま政略結婚した愛してない女と一緒にいられるの？　耐えられるのかしら、私と一緒にいると気まずい気が休まらないって、ずっと顔に書いてあるくせに！」

イリスの叫び声が部屋に響いた。

彼女は乱れた呼吸を整えるために、深く呼吸する。ノアが口を開けたまま見ている。その表情を見て、彼女は冷静になった。

「ごめんなさい」

「いや、その、……私こそ……そっか、私はそんな顔してたんだね。そうなんだ……」

ノアは視線を下に向け、自分の過去の行動を思い起こしているようだ。やがて立ち上がってイリスと目を合わせ、手を差し出す。

「座って、話の続きをしてもいいかな」

イリスは少し躊躇《ため》ってからその手を取って、彼の横に腰掛けた。

「すまない、全然、自覚がなかった。ずっとそうだったなら、すごく傷つけたよね。ごめん」

「ずっと、というわけでもないわ。でも時折、すごく気遣われているって分かるの」

「そうなんだ……ずっと気が休まらないと感じてたつもりはなかったんだけど、理由は思い当たる。私は、その、あまり女の人が好きじゃない。だから結婚するのは気が進まなくて、あと、特に相手が君だと気が重かった。理由を説明していい？」

「……ええ」

「まず女の人が苦手なのは、理由は多分色々あるんだけど、二つ大きいものがある。ここの領地のことと自分自身のことで、好かれる自信がないんだ。というか、本当は好かれてないのにそれに気づかないまま相手の笑顔を見て勘違いして、ある日突然、そうじゃないって気づくのが怖い。その上、君は……私は君と王太子殿下が並んでいるのを見るのが好きだったんだよ」

イリスは驚愕《きょうがく》に目をみはる。ジョシュアの話を出されるとは思っていなかった。無防備な状態で父に王太子から一方的に婚約破棄されたと言われた日のことを思い出して胸が鈍く痛む。

「君のことを、すごいけど、挨拶《あいさつ》以上に話すことなんてない人だと思ってた。突然、そんな君が自分の妻になると言われて、気持ちが整理できてなかった気がする」

ノアがイリスにまっすぐな視線を向けた。

「でもイリス、君と話をして、すごく印象が変わったんだ。一緒に過ごして信頼するようになった。いつまでも気遣うような顔をしていたのは謝るよ。私は人の期待に応えられなくてがっかりされることが多いから、君にもそうなんじゃないかと恐れていたんだと思う」

「私はがっかりしてないわ」

「うん、……イリスには最初から印象が悪かったし、比べる対象が王太子殿下じゃ誰が隣にきても同じになりそうだ」

そこでイリスは眉を顰《ひそ》める。

「その発言は卑屈すぎるでしょう」

「ん？　うん、でもさ、初日にいきなり『アンナ様はいいの？』とか聞かれて、信頼されてないし評価が低すぎて、もうどうしようかと思った。よく嫁に来てくれたなって」

自分の過去の発言を思い返して気まずくなり、彼女はノアから目を逸《そ》らす。

本来ならそんなことを真正面から聞かないことは心得ていた。ノアが飾らない言葉で話すことを求めたからそれに応えただけだ。

気づまりで話題を変える。

「私もあの発言が適切だったと思ってるわけじゃないわ。あと貴方、自分の領地のことを卑下しすぎよ。それを理由に女性に好かれないだなんてヴェルディアに失礼だわ」

「そうだね。そう思う。怖かったんだよ。都会出身の若い女性に好まれる場所じゃないって先に言っておけば、もしイリスにヴェルディアを悪く言われても私が傷つかないからそう言ってた」

「私は土地を悪く言ったりしないわ。そこに住んでいる人もいて、ましてや自分が責任を持つべき場所なのに。不満があるなら自分で変えるわよ」

ノアは軽く目を見開いてから声を出して笑う。発言を笑われたことにイリスはむっとなった。

「そうだね。そうだよね。もう言わない。好きなものを自分で貶《おとし》めるようなことは絶対言わない」

ノアが笑うのをやめて、彼女をじっと見つめる。

「イリス、やっぱり私は……」

彼の視線が何か乞うように強くなったが、すぐ和《やわ》らいだ。

「私は君に妻でいてほしい。私がこれから先……この先も、そばにいてほしいと思う人は君だけだよ。だから出ていけ、他の人と結婚すればいい、なんて言わないで。今日、君が私の顔を見たくないなら寝室からは出ていく。でも明日、またここで話をするのは許してほしい。明日が嫌なら、明後日でも一ヶ月後でもいい。また君と話をしたい」

イリスはノアを見つめ返す。彼の瞳の中には気遣いや不安はなく、凪《な》いだ海のように静かだ。

彼女もこんな感情的な理由で離婚できないことくらい理解している。

「……分かったわ。寝室から出ていかなくても大丈夫よ。感情的になってごめんなさい」

「ううん、思っていることを話してくれて嬉しかった。ありがとう。私の話も聞いてくれて感謝してるよ」

イリスは呆れてノアを睨《にら》んだ。

「貴方、なんでも素直に言えばいいってものじゃないわよ」

「え？　あー……うん、君には話しておきたいと思ったけど、それは私が君に甘えてるのか。聞きたくない話もあるよね、ごめん」

「甘えの自覚はあるのね。そうやって謝ればなんでも許されると思って……今日はもういいわ。貴方の考えは分かったし、受け入れました。でもまだはっきり貴方を信頼するって言えないわ。今、自分がどう思っているかもよく分からないもの」

「うん。ありがとう、イリス」

「何がありがとうなのよ」

「もう口を利いてもらえない可能性も考えてたから嬉しくて」

嬉しそうにする夫に、眉を顰《ひそ》める。

「貴方、私をそこまで未熟で不寛容な人間だと思っているの？　なんて失礼な！　みくびらないで。私を誰だと思っているのよ？」

自分の発言に驚き、イリスは高慢な言葉を口に出したことを恥じて頬を熱くした。

「今のは、忘れてちょうだい」

「イリスのことはイリスだと思ってる」

「忘れてと言ったでしょう」

「君も私の手帳のことは忘れてほしいと頼んだのに、しばらく引きずってただろ」

「貴方……性格が悪いわ」

「そうかもしれない」

「反省してないから、そういうことを言うのよ」

「そこの解釈は任せるよ。余計なことを言うのはやめておく」

ノアが落ち着いているのも気に入らない。何か言ってやりたいが、言葉が思いつかなかった。

そこで彼が何か思い出したように「あ」と声を出す。

「何よ？」

「えーと、今言うことじゃないから明日言うよ」

「もったいぶるようなことなの？」

「いや……ロバートから今朝頼んだ計画書を受け取った。補足のメモもすごく助かったよ」

イリスはなんとも言えない顔で彼を見た。

「ほら、『今言う？』って顔してる」

「そうね。話をしている間、貴方の気が散っているのがよく分かったわ」

「……ごめん。君に言いたいことを考えてたら思い出しちゃって。すごく助かったんだ。心から言ってるよ。これからも助けてほしい」

「仕事の振り方が雑よ」

「気をつける」

「なんでもロバートとケビンに聞いて、で済ませないで。あの二人も知らない時があるわよ。それに話を共有するのが遅いわ」

「それもごめん」

彼はそこで言葉を切り、少し考えるように視線を外す。

「じゃあこうするのは？　これからは忙しくても朝食だけは一緒に食べよう。顔を見たくない日があっても、その時間だけは向かいに座ってほしい。そこで私が今関わってることとかやりたいと思ってることとか、全部君に話しておく。ちゃんと準備できてなくても先に共有するよ。君もなんでも話してほしい」

イリスはその提案について検討してから頷《うなず》く。

「分かったわ」

「ありがとう。じゃあ明日から、よろしくね」

「ええ」

ノアははぁ、と息を吐き、ベッドに仰向《あおむ》けになる。片腕で目元を隠すようにして深呼吸した。

「疲れた」

「貴方がそれを言うの？　疲れたのは私のほうよ」

そして、腕の陰から顔を覗かせる。

「そうだね。君のほうが話したくもない相手の聞きたくもない話を聞かされて……聞いてくれてありがとう。また話すことを許してくれて嬉しいよ」

イリスは胡散臭《うさんくさ》いものを見る目をノアに向けた。

彼は苦笑いして寝転んだままベッドを軽く叩く。

「考えながら話すのはもう無理だ。頭が働かない。ちょっとだけ雑談しよう。今日は何をしたの？」

「なんで貴方に話さないといけないのよ」

「聞きたいから」

「図々しいわ」

「ごめん」

「すぐ口だけで謝るのもやめて」

「本当にごめんって思ってるのに。なんて言えばいい？」

「知らないわよ。仕事をしたわ。これでいい？　雑談はおしまいよ。私はベッドで寝転んで話すなんてだらしない真似はしないわ」

「仕事以外には？　他に見てる人もいないんだから、だらしなくていいんだよ。この屋敷の主人は私だよ？」

イリスは眉を顰《ひそ》めた。

仕事以外には、マリアンヌと話しながら刺繍をした。完成しなかった。それがノアのせいだと言いたくなったことにも腹が立ち、質問には正しく答えないことにする。

「何もしてないわ。家のことは女主人が仕切るものよ。私がダメと言ったらダメなの」

「じゃあ許可を出して」

「出しません。眠いの！」

サイドランプの灯りを消してベッドに横になると、ノアの忍び笑いが聞こえる。

「何がおかしいのよ」

「ずっと怒ってるから。そうやって怒るんだね」

「未熟だと言いたいの？」

「ううん、……君がどうやって怒るのか、今日知れて、本当によかった」

暗くなった寝室に、彼の静かな声だけが響く。

「貴方……貴方と話してると、本当に腹が立つわ」

「殴ったらスカッとする？」

イリスは枕を手に取って、ノアの腹部あたりに向けて勢いよく下ろした。鈍い音がする。

「いたっ！」

「痛くないでしょう、嘘つき。貴方には私の手を痛める価値を感じないわ。黙って寝なさい」

「こんなに罵《ののし》られたのは初めてだ」

「私だってこんなに暴言を吐いたのは初めてよ。なんで私が結婚前に女性関係の清算も済ませられない男に振り回されなきゃいけないのよ。本当に腹が立つわ。もう一人アンナ様みたいな方がいたらこの屋敷を出ていくのは貴方よ」

「いないよ！　……あ、仕事で手紙のやり取りをするのは女性関係に入らないよね？　六十代のご夫人で、亡くなった旦那さんにお世話になってたんだ。毎年誕生日に贈り物をしてる。私的なやり取りをする女性はその方くらいだと思うんだけど」

「貴方……！」

手紙でしかやり取りしない夫人とアンナを同列に並べるのが信じられなくて、イリスは絶句した。

ノアに想いを寄せていたアンナを憐《あわ》れみたくなってしまう。

「なんて……本当に……信じがたいわ。貴方って無神経が服を着て歩いているの？　なんなの？」

「そんなに？」

「だって……」

そこでイリスは黙る。アンナの気持ちを庇《かば》って代わりに怒るのは自分がすることではない。

「もういいわ。自分の常識が揺らいで頭が痛いから話し掛けないで。寝るわ」

「ごめ……」

ノアの謝罪の言葉は途中で切れた。先ほど彼女が口先だけで謝るなと言ったから、そうしようとしているのが分かって、そのことにも苛立《いらだ》つ。

「イリス、おやすみ」

「……おやすみなさい」

目を瞑《つむ》る気になれず、彼女はノアがいるはずの場所を見た。真っ暗な寝室で、人の気配を感じながら眠りにつくのは久しぶりだ。

衝動のままに怒りをぶつけただけで、自分が本当は何に一番怒っているのか分からない。どうしたいのか、ノアにどうしてほしいのかも知らない。

ノアを罵《ののし》ったところでその状況が結局変わっていないと気づき深くため息をついたが、今日のところは考えるのをやめて眠りについた。

◆◆◆

「ノア、ノア」

朝日が差し込む寝室で、ノアは名前を呼ばれてうっすら目を開けた。

昨日はイリスと久しぶりに仕事以外の話をして、そのまま寝そうになったところをなんとか執務室に戻った。最低限の仕事だけしてまた寝室に戻り、イリスがそこにいることに安心して、疲れで気絶するように眠ったはずだ。

「もしかして夢!? ロバート、どうしよう、私、昨日、普通に寝てて……!」

ベッドから出ようとすると、目の前にすでに着替えを終えたイリスが立っていた。朝一番に彼女の顔を見て挨拶《あいさつ》するのは久しぶりだ。昨日イリスと話したことが夢ではないと分かり、ノアは肩の力を抜く。

「イリス、おはよう」

イリスは一瞬眉を顰《ひそ》めたが、すぐに上品な笑顔を見せる。ノアの母のヴァンデンブルク夫人が来ているのだと教えてくれた。

そっけない態度だったが、わざわざ寝ているノアに声を掛けにきてくれたようだ。

彼は急いで身支度をして、執務室に立ち寄り仕事を終わらせたことを確認してから応接室に向かった。ノックして入室すると、母が一人でソファに座っている。

彼女は息子の顔を見て立ち上がり、行き場のなくなった手を胸のあたりで押さえた。

「ノア」

「母上、朝早くにどうしたの。何かあった？ 座りなよ」

ノアが促《うなが》すと、暗い表情のままソファに掛ける。ノアも彼女の向かい側に腰掛けた。

「どうしたの？ ナタリア殿下にお贈りする品物が届かないとか？」

「それはもう準備できているわ。貴方のことで用があるの」

「私？」

ノアは首を傾《かし》げた。夫人が小さく頷《うなず》く。

「昨日、貴方をすぐに追いかけなくてごめんなさい。昨夜は外せない用があったの。私、ずっと貴方のことを後回しにして、こんな時でさえ優先できなくて、本当にひどい母親だわ。その上、貴方に自分は跡取りに相応《ふさわ》しくないなんて言葉を言わせて……それだけは本当に違うって伝えなきゃと思って」

深刻な顔で俯《うつむ》いた母を見て、ノアは呆気に取られていた。昨日の会話を思い出し、胸に鈍い痛みが走るのを感じつつ、それを無視して口角を上げる。

「昨日って、いつもの喧嘩と同じじゃないか。そんなに深刻な顔しないでよ！　私も言いすぎたね。ごめん。こっちに来るなら、私に用があるのかイリスになのかだけは先に言って。イリスが関係ないのに早起きさせられてかわいそうだったよ」

ヴァンデンブルク夫人は顔を上げ、ぼんやりとノアを見つめた。

「イリスには、……申し訳ないことをしたわ」

「うん、でも次からはメイドがちゃんと予定を確認してくれるはずだ。これまでちゃんと話を聞かなくてごめん。意地になるのは理由があるはずだって思うようにするよ」

「私が頭ごなしに言わないで、貴方の話を聞いていれば違ったはずだわ」

「どうかな。話を聞くって言われても、自分が何を考えてるか分からないんじゃ話せない。それにこういう話題を母上とするのは気まずいよ」

夫人の表情は暗いままだ。ノアは変わらない母の様子を見て困った。

「母上、なんでも自分のせいだと思わなくていいから。私は自分を後回しにされてるなんて考えたことはない。父上にも母上にも愛されて育ったと感じているよ」

緑混じりのブラウンの瞳に涙の膜が張る。ヴァンデンブルク夫人はそれが涙のしずくになる前に、ゆっくり視線を上げて落ちるのを防いだ。

「ああ、もう、泣かないでよ。最近女の人を泣かせてばかりだ」

「泣いてないわ」

「分かった、分かった。じゃあ父上のところで泣いてきなよ。本邸まで送ってあげる」

「今、来客中のはずよ」

「あっそう。早起きが流行《はや》ってるの？　じゃあ……」

ノアは立ち上がって母の隣に移動し、背中に手を回して抱きしめた。落ち着かせるように一定の感覚で軽く背中を撫《な》でる。

「こうしたら見えないからいい？」

彼は鼻をすすることもない母に苦笑いした。息子の前では泣かないというのが母らしい。

「なんで母上ってそんなに強がりなの。愚痴を言える人はいる？　私にはたくさんいるよ。弱音を吐いたらまた頑張れるんだ。そうやって上手くやってるから、時々自信がなくなって卑屈になるのは許してよ。昨日は私も悲観的になりすぎた。心配してくれたのに、気づけなくてごめん」

ヴァンデンブルク夫人が軽くノアの身体を押した。ノアがゆっくり身体を離すと、予想通り彼女は泣いていない。その代わり、もの言いたげに彼を見つめている。

「貴方は優しすぎるわ」

「そう？　昨日イリスに性格が悪いって言われたけど」

「イリスが？」

「うん。昨日喧嘩して……私が一方的に悪い時に喧嘩って呼んでいいのかな。とにかく話をしたんだ。きっとこれからなんとかなるよ。だから心配しないで」

ヴァンデンブルク夫人はゆっくり頷《うなず》いた。

「分かったわ」

「ありがとう。イリスが母上に愚痴って私がそれに全く気づいてなさそうだったら、やらかしてることだけ教えてくれると助かる」

「あの子は私の前で愚痴を言わないわ。でも、そうね……もし何かあったら、私はイリスの味方になることにします。貴方に愚痴を言う先がたくさんあるなら、イリスの肩を持つ人もいないと不公平だもの」

「私は息子なのに」

「ええ。そして、イリスは娘よ」

そこで彼女が立ち上がる。

「イリスと話していく？」

「いいえ、もう挨拶《あいさつ》したわ。貴方と喧嘩している時に、その母親の顔なんて見たいわけないでしょう。戻ります。朝から時間を取らせて悪かったわね」

「送って行くよ」

「いらないわ。馬車にも一人で乗れないと思っているの？」

「いや、父上に朝一で届けたい書類があるんだ。昨夜、必死で仕上げたから自分で持っていく」

ノアも立ち上がると、彼女は呆れ顔で言った。

「……貴方、もし今話している相手がイリスだったら、今のは最悪よ。気をつけなさい」

「え？」

「分からないならいいわ」

「待って、教えてよ！」

夫人は部屋を出る手前で振り向く。ノアが追いついて扉を開き、二人で部屋を出る。早歩きで廊下を進みながら、夫人がため息をついた。

「送っていくとか言うなら、その後で突き放すんじゃないわよ」

「突き放してないよ！　母上は送っていかなくていいって言ったけど、私は結局、送っていくんだよ？　負担にならないように他にも用があるって言っただけなのに、怒るのは理不尽だ」

「ええ、理不尽よ。理不尽だけど、優しくされると期待するのが人間よ」

ノアは母の言葉を頭の中で反芻《はんすう》しながら首を傾《かし》げる。夫人が再びため息をついた。

「相手の気持ちを尊重するのも優しさだけど、親密な関係の場合はそれだけじゃダメってことよ。

特に男女の関係ならね。時には相手の言葉を無視してでも一緒にいたいという意思を見せないと、気持ちが薄いように感じるの。貴方、イリスに寂しい思いをさせるわよ」

「……母上を傷つけたってこと？　ごめん」

「私は相手が息子だから呆れてるわ」

正面玄関に到着したところで、ヴァンデンブルク夫人は足を止める。

「それで、書類を持ってくるんじゃないの？」

「あ！　そうだった。ケビンも連れてくるから待ってて」

ノアは慌ただしく廊下を走ろうとした。その様子を見て夫人が声を掛けようとしたが、その前に彼の足はぴたりと止まる。

教育されたとおりにゆっくり歩き出した息子を見て、夫人は肩の力を抜いた。

ノアがヴァンデンブルク家の本邸に到着した時、一台の馬車が正門の前に停まっていた。馬車に乗り込もうとしている人物を見て、彼ははっと顔を上げる。母に一言告げて、背の高いその男性のもとへ急いだ。

「叔父上！」

ノアの声で、男性――ローガン・フェルトがゆっくり振り向く。

「久しぶりだね！　いつ帰ってきたの？」

「一昨日だ」

簡潔な回答はローガンらしく、ノアは久しぶりに叔父に会えたことに頰を緩《ゆる》めた。

「こんな朝から父上のところに来るなんて大変だね。いつまでいるの？　話したいことがあるんだけど、どこかで時間をもらえないかな」

「話とは？」

「えっと……アンナのことで。叔父上の大切な人を傷つけたから、お詫《わ》びをしたいんだ」

「その件なら、君が時間を取る必要はない」

ローガンがノアに頭を下げる。

「このたびのことは、私の家長としての監督不行届だ。ヴァンデンブルク家の好意に甘えた結果でもある。今朝それを義兄上に謝罪したところだ。君にも迷惑をかけて悪かった」

「えっ、いや……」

「君の気さくさに甘えて、娘に自分の立場を弁《わきま》えるように指導するのを怠《おこた》っていた」

「そんな言い方しないでよ。私は年の近い子も兄弟も近くにいないし、私もアンナに助けてもらってたんだよ」

けれど彼は顔を上げ、無表情のまま首を横に振った。

「ノア、親戚でも事前に連絡せず屋敷を訪問し、主人の許可なしに入室するのは不法侵入だ。君と義兄上が不問にしてくれたが、アンナは本来ならそれなりに罰を受けるべきことをしている」

その厳しい言葉に、ノアは目を見開いた。

「アンナは責任の取れない年齢ではない。今後のためにも君には娘を許さずにいてほしい」

ローガンの静かな瞳を見つめて、ゆっくり頷《うなず》く。

「分かった」

「すまないな。アンナのことで何か頼むのはこれが最後だ。許してほしい」

ノアはもう一度、しっかり頷《うなず》く。

「叔母上にも謝りたかったんだけど、それもやめたほうがいい？」

「メイに？　そうだな。今回の件に関することなら、君からの謝罪はいらない」

ローガンはノアの晴れない表情を見て少し眉を下げる。

「ノア、全部自分に原因があると思わなくていい」

「でも……」

「それぞれ自分でその行動を選んで、その責任があるんだ。私も仕事で家に帰らず過ごすことを自分で選んで、その結果、家で起きていることをほとんど知らない。それも私の選択の結果だ」

そしてノアの肩を軽く叩く。

「君は将来的にはヴェルディア公領に責任を負う立場だが、だからってここで起きることが全部君のせいじゃないだろ。もちろん対応は必要だ。ただ罪を背負うのはその行いをした人だと思う。……姉上と言ってることが違うだろうな。姉上には私がこう言っていたとは言わないでくれ」

最後に声を潜《ひそ》め、彼は自分の姉が消えた本邸の正面玄関に目を向けた。

「分かった」

「頼む。落ち着いたら手紙を出すから、また遠乗りしよう。新しい事業を考えているんだ。意見を聞かせてほしい」

「本当に？　絶対行くよ」

ローガンは少しだけ表情を緩《ゆる》めて頷《うなず》く。使用人が馬車の扉を開け、中に乗り込んだ。ノアが挨拶《あいさつ》のために中を見ると深いグリーンのスカートが見える。奥にアンナが座っていた。グリーンの瞳から涙が落ちている。

「アンナ、まだ泣いているのか」

「……っごめんなさい、止まらなくて」

彼女はハンカチで目元を押さえたが、涙が止まらず白いブラウスにしずくが落ちた。

「いい加減にしなさい。泣けば許されると思ってるのか？」

ローガンがため息をついた。娘の向かいに腰掛けると、ノアのほうを振り向いて会釈《えしゃく》をする。

「あ、叔父上……」

閉まりかけた扉に向かって、ノアは呼び掛けた。

「アンナ！　叔父上に助けてって言うんだ。止め方が分からないって、困ってるって言うんだよ。分かってくれるから。叔父上はちゃんと話したら聞いてくれる人だよ！」

アンナがローガンを見上げる。ローガンは娘とは目を合わせずにノアの顔を見て、何か言いたげな顔をした。けれど、声を出さずに口を閉じる。

ローガンの視線で、使用人が馬車の扉を閉めた。ノアは馬車が正門から去って見えなくなるまでその場で見送る。

フェルト侯爵家の親子が立ち去った後、背中に衝撃が走った。

「痛っ！」

振り向くと、ケビンが拳を握っている。突然部下に殴られて混乱したノアはケビンを見つめる。

「な、何をするんだ、痛いよ」

「何してんですか？　ノア様、あんなふうに寄り添われたら、未練が残るでしょうが！　ちゃんと冷たくしないとダメです！　ひどいですよ！」

「え？　……私じゃなくて叔父上に頼れって突き放したつもりなんだけど」

ケビンがまた手を出そうとしたので、ノアはそれを制止するために手を上げた。

「待った。往来ではよくない。これ以上は謹慎にしないといけなくなるよ」

「さっさと謹慎にしろ！」

ケビンはノアの足を踏んだ。

「いった！　……ケビン」

ノアはしゃがみ込んで足をおさえ、ケビンを睨《にら》む。彼に反省した様子はなく、ノアに呆れた視線を投げる。主人と同じ高さまでしゃがみ込み、その目をまっすぐ見た。

「ノア様が優しいのは知ってます。でもダメですよ。アンナ様には特に、期待を持たせたらダメなんです。ゼロ、望みなし、とりつく島もないくらい貴方がアンナ様に興味持ってないって思わせなきゃかわいそうだ。理解を示すのも、助けようとするのもダメです」

ノアは話を聞く姿勢を見せているが、真に理解はしていない。それを察したのだろう、ケビンがため息をついた。

「貴方それで仕事でも苦労したじゃないですか。いい加減にしろ、本当に。後から悪者にされて散々な思いをしたでしょう？　できるかもとか、考えてみるとか、事情を考慮する態度とか、そういうの全部ダメなんです」

「それは、思い当たる……」

「でしょう？　そういうふうにしないと、この先、辛《つら》くなるのはノア様ですよ。こっちは十万人以上の生活預かって回してるんですよ。できることと、できないことがあります」

そこでノアは頷《うなず》いた。

「そうだね。私が例外を作ろうとしてケビンが苦労してたよね。ごめん。いつもありがとう。切り離すようにするよ」

ケビンが今度はノアの肩を叩く。

「痛い！」

「分かってない。貴方いくつ手がついてますか」

「二つしかないよ！　何するつもりなんだ!?」

ノアはケビンから自身の手を守るために防御の姿勢を取った。ケビンはそれ以上物理的な攻撃を続けるつもりはないらしく、ノアの回答に頷《うなず》く。

「ですよね。『ああ、この人、自分のこと考えてくれるなぁ、大事にしてくれるんだ』ってそう思わせて、それが全《まっと》うできるのはその両手分だけです。貴方の片手は基本的にいつもヴェルディアで埋まっているでしょう。そしたらもうあと一人だけです」

ノアは目を見開いた。ケビンはようやく話が通じ始めたことを悟って、肩の力を抜く。立ち上がって、手を差し伸べた。ノアはその手を取って自分も立ち上がる。

「優先順位の問題です。誰にでも誠実でいようとすると、大事な人に不誠実になりますよ。いいんですか。イリス様に不誠実だなって思われて、この人もうダメだな、改善の余地がないから諦めようって思われたいんですか？」

その言葉に、勢いよく首を横に振った。

「嫌だ」

「じゃあ、決めてください。一番大事な人を誰にするのか決めて、その人のことを、意識してうんと特別に扱ってください。逆に誰にでも優しくするって決めたなら、それを自覚してください。イリス様は特別扱いしないってちゃんと決めて、それをイリス様にも分からせてあげてください。期待して、傷ついたと思いますよ。あの人、俺やロバートさんの前では全然気にしませんみたいな態度してるけど、仕事以外で避けるってのはそういうことじゃないですか」

そんなことにも気づかない主人に対して、ケビンは呆れた顔をしている。

「ノア様は大事にしてるように見えて、でもそれは別にイリス様が特別だからじゃないのかって思って、正直、俺が勝手に傷つきました」

「えっ、ごめん」

「すぐ謝らなくていいですから。相手に寄り添おうって気持ちだけで理解しないで謝るから口だけで謝ってるように思われるんです」

「申し訳ないとは思ってるよ」

「傷つけてごめんとは思ってるけど、なんで俺が傷ついたのかよく分かってないでしょう。貴方の優しさを、周りの人に優しさとして受け止めてもらえなくなるのは嫌だし、イリス様にもノア様は口ばっかで不誠実なんだとか思ってほしくありません。理不尽だけどそう思われがちなのは覚えておいてください」

ケビンはふぅ、と息を吐いた。

「言いたいことを言いました。何日謹慎にします？」

「いや……」

ノアは周囲を見渡して誰も二人の会話を聞いていないことを確認する。

「誰も聞いてないから、謹慎にしない。教えてくれてありがとう」

「また甘いことを」

「ケビンを謹慎にしても私の仕事が滞《とどこお》るだけでいいことがないんだよ」

「それはそうですね。けじめの話だけですから、一人で反省しておきます。俺やロバートさんには、そういう甘い判断するところを見せてもフォローできます。でもイリス様は、会ったばかりでしょう。貴方のことを知らないんです。それに仕事のパートナーでもありますけど、奥さんだから、もっと感情が個人的なんじゃないですか。ノア様にとっても、イリス様は特別だと思うんですけどね。それをちゃんと自覚して、他の人と切り分けてあげてください。それだけでいいはずです」

考え込むように視線を外してから、ケビンと視線を合わせた。

「ケビンから見て、私はイリスのことを特別に思ってる？」

「は？　まだそんなところから分からないんですか？　もう俺の手には負えません」

「急に諦めないでよ！　自分の気持ちに自信がないんだ」

「鏡でも見ればいいでしょう。ところで今日はイリス様と朝食を食べる約束をされてたのでは？　早く旦那様に書類を出しにいきましょう」

ノアははっと顔を上げる。

「そうだ！　どうしよう、間に合うかな」

「間に合います。時間もあるし、俺が再チェックして書類の不備もないんで」

「えっ、見てくれてたんだ？　助かった。ありがとう！　ケビンがそう言うなら大丈夫だね」

その表情が明るくなった。ケビンはその顔を胡散臭《うさんくさ》そうに眺めて、はぁ、と呆れたようにため息をついた。


本邸で書類を提出した後、ノアはイリスの待つ屋敷に急いで戻り、朝食が準備されているはずの広間に走った。そこには掃除中のメイドが数人いるだけで、息を切らしているノアを見て彼女たちは不思議そうに首を傾《かし》げる。

「自分から言い出したのに初日からこれか……！」

泣きたい気分で部屋から出ようとすると、広間の扉が開いた。イリスが静かに現れ、ノアの姿を視界に入れる。

「イリス！」

ノアは彼女に駆け寄って頭を下げた。

「ただいま、本当にごめん。遅くなっちゃって」

「まだ調理も終わってないわ」

ノアは顔を上げる。イリスは複雑そうな表情をしていた。

「天気がいいから、バルコニーに準備するって言うのよ」

「そうなの？　じゃあまだイリスも食べてない？」

「ええ。調理中と言ったでしょう。食べてないわ。早く上に行きましょう」

ノアは思わず目の前のイリスを抱きしめる。

「よかった。ありがとう。はぁ、もう終わったかと思った」

「貴方、その頭の中にある私の不寛容なイメージはどうにかならないの？　失礼よ！」

「だって自分で言い出して初日から遅刻するとか、もう挽回できないよ」

「遅刻じゃないわ。人の話を聞きなさい。あと貴方、外出して馬で帰宅した上に走ってきたんでしょう？　埃《ほこり》っぽいから抱きつかないで。私、この後、人に会うのよ？」

そう注意され、パッと腕を離す。

「ごめん」

「早く移動しましょう。待たせているわ」

「うん、バルコニーで食べるなんて初めてだよ。楽しみだね。今日は空が高くて風が気持ちいいし、確かにいいアイディアだ。何を作ってくれたんだろうね」

機嫌よくイリスについていくと、彼女は途中で足を止め、不満げに振り向いた。

「な、何……？」

その表情の意味を教えてくれないまま、くるりと前を向いて先に進む。ノアは慌てて追いかけた。

二階にあるバルコニーでは、ガーデン用のテーブルと椅子が用意され、その白いテーブルの上に、所狭しと果物やパン、チーズ、ハム、サラダ、スープなどが並んでいる。

「なんというか……豪華だね」

イリスが使用人の前で美しく微笑《ほほえ》み、優雅に腰掛けた。ノアも彼女の斜め向かいに腰掛ける。

「すごい量だな。食べきれないと思うけど、どうしたの？　イリス、お腹空《なかす》いてるの？」

「私が頼んだわけないでしょう。貴方と私が一緒に朝食の席に着くのが久しぶりだから、こうなってるのよ。使用人にまでこんなふうに気を遣われるなんて恥だわ。一生の恥よ」

「そんなに？」

イリスは不満げだったが、一口スープを口にして表情を緩《ゆる》めた。ノアは無言で彼女の口が小さく切った果物を食べる様子を見つめる。

風が吹いた。

イリスがその風が吹いた方向に顔を向けた。午前中の白い光を浴びていると、彼女の瞳は青みが強くなる。その瞳がまっすぐに遠くを見つめ、風を受けて細まった。淡い金の髪が風に撫《な》でられて柔らかく靡《なび》く。

「何？」

ノアの視線に気づいて、彼女は顔を正面に戻した。ノアは食事の手を止め、正直に告げる。

「君と向かい合って座ることができてすごく嬉しくて特別に感じているんだけど、それをどうやって伝えようか迷ってる」

「今、貴方の口から出てきた言葉はなんだと思って聞いたらいいのかしら」

「それが本音のつもりだよ。でもルークに言葉に頼りすぎだって言われたから、言葉だけじゃ伝わらないのかなと思って」

「ルーク？」

「父方の従兄だ。そうか、話したことはないんだっけ。ウッドロッドで騎士団長をしてるんだ。今度紹介するよ」

「貴方が騎士団と距離が近いのは、その従兄が理由というわけね」

「うん。それは大きいけど、実は騎士団は私に借りがある」

「借り？」

「私は貸しだとは思ってないけどね。みんながそう言うんだ。えーと……騎士団が設立三百周年を迎えた時に、記念の式典を私が仕切ってたんだ。父上から初めて予算まで全権限をもらって実施した仕事だよ」

「見せ場を作ったことが貸しなの？」

「ううん。その後の話だよ。ヴェルディアの騎士団って、今より昔の姿のほうが有名だろう。絵本や劇で馴染《なじ》みがある。でも私は今ここにいる騎士団のみんなが今のヴェルディアを守ってるって分かってほしかった」

ノアは過去を思い出して、表情を緩《ゆる》めた。深いグリーンの隊服のマントが一律の動きで靡《なび》く様子を今でも鮮明に思い出せる。

「準備自体は、私の段取りがひどくてもう色んな人に怒られた。でも当日はなんとかなったよ。騎士団のみんなに助けてもらいすぎて、とても貸しを作ったなんて思えないんだけど、式典の後すぐ独身の隊員の半分の婚約が決まったんだって。めちゃくちゃ感謝された。だから騎士団のみんなは私に結構甘いんだ」

イリスは黙ってノアを見つめていた。自分が喋《しゃべ》りすぎたことに気づき、彼は慌てて姿勢を正す。

「ごめん、なんの話だっけ。えーと、私がこの時間に本当に感謝してるって伝えたいって話だ」

「十分よ」

「え?」

「私は貴方ほど鈍感じゃないから、もういいわ」

イリスはスープをもう一口スプーンですくって口に入れた。ノアがぽかんとして見つめると、紫がかった青い瞳が彼を捉《とら》える。呆れたような笑みとともに、瞳が細まった。

(……あ)

ノアは心臓が強く跳ねるのを感じた。心拍数が上がると、続いて体温が上がるのが分かる。秋の冷たい風を受けても熱を感じることに戸惑いながら、頬に手を当てた。

「なんか、ここ、暑くない……？」

「食事をしたからでしょう。上着を脱いだら？」

「ああ、そうか」

上着を脱いで使用人に預けると、冷たい風が白いシャツを撫《な》で、少し熱が引いた気がする。

ノアは向かいにイリスが座っていることに嬉しくなって頬を緩《ゆる》めた。彼女は微笑《ほほえ》み返《かえ》してはくれなかったが、控えめに伏せられた瞳に憂《うれ》いはなく、くつろいだ表情に見えた。

イリスが夫のノアと必ず朝食をともにすると約束してから数日後の夜。

ベッドに座ってじっと黙っている夫を不審に思い、イリスは彼を観察していた。

「ノア」

話し掛けると、彼はびくっと肩を跳ねさせて、ぎこちなく彼女に微笑《ほほえ》みかける。

「何？」

イリスは自分の感じている違和感の正体を探ろうとした。

けれど、答えに辿り着けず、代わりに無難な理由を作る。

「貴方……体調が悪いの？」

「体調？　ううん、元気だよ。どうして？」

「ここ数日やけに無口で、廊下も走らないし、大人しくて……不気味だわ」

イリスは彼の態度をどう表現していいか分からず、思ったそのままを口にした。

すると、ノアがぽかんとする。彼女の言葉を遅れて理解したようで、困った顔をした。

「待って。君は私を五歳児だと思っているの？　普段は走り回らないし、いつも喋《しゃべ》ってるわけじゃないよ。不気味だなんてひどいな」

イリスは自分の言葉が暴言だったことに気づいて謝罪する。

「そうね、不気味は言いすぎたわ。ごめんなさい。でも本当に違和感があるの。何かあるでしょう」

「普通にしているだけだよ。普通、成人した男は廊下を走らないしあまり喋《しゃべ》らないよ」

「でも貴方は走るし喋《しゃべ》るじゃない」

「いつもじゃない。あのねイリス、私が廊下を走るのは本当にどうしようもなく急ぐ時だけだ」

「頻度の話はしてないわ。論点をすり替えないで。貴方の態度がおかしいという話をしているの」

ノアが息を詰まらせた。イリスをじっと見て、言いづらそうに口を開閉した後で言葉を紡《つむ》ぐ。

「いろんな人にああしたほうがいい、こうしたほうがいい、って言われて、よく分からなくなってるんだ。失敗しないように黙ってる」

「失敗？」

「これ以上君の前で軽率な発言をして失望されたくない」

「今さら一つ二つの発言で、私が貴方に抱いている印象が変わると思っているの？」

その言葉に彼は軽く目を見開き、一度目を閉じて息を吐いてから曖昧《あいまい》に笑った。

「そうだね。そんなに、変わるものでもないね……そうだね」

イリスはまた自分が失言したと気づく。

先日から、ノアには何を言っても許される気がしているが、決してそんなことはない。ノアと結婚生活を続けるつもりならば、彼だけではなくお互いが発言に気をつけなければならないのだと思い出し、彼女は自分のささくれ立った心を宥《なだ》めようと深呼吸した。

「ノア、あの……」

「あ、そうだ！」

そこでノアがパッと顔を上げる。

謝罪しようとしていたのに、その必要性も忘れたような彼に、イリスはまた苛立《いらだ》つ。

結局ノアは彼女ほどには自分たちの関係のことで心を乱していないようだ。イリスが一人でいつまでもわだかまりを胸に抱えている気がする。一人だけ心が狭くて、たいした問題でもないことを心の中に泥のように溜めている気分だ。

「渡したいものがあったんだ。少し待っていて」

しばらくして戻ってきた彼の手元には、小さな小物入れがあった。イリスに馴染《なじ》みのある、ウィントロープの伝統的な刺繍が施《ほどこ》されたものだ。花々が一つの円形を作るように配置され、その花のそばで白い小鳥が羽を休めていた。

「環織花《かんしょっか》の刺繍ね。これは……交通安全のお守りかしら」

「交通安全？」

ノアが首を傾《かし》げる。

「花の色や種類で意味が変わるのよ。この白い鳥は渡鳥なの。すごく遠くから飛んでくるから、道中の安全を祈るお守りによく一緒に刺されるわ」

イリスは彼の表情を見て、意味を知らなかったのだろうと悟った。

普段の彼女は特別〝交通安全〟を必要とする生活はしていないが、今ならちょうどいい機会がすぐにある。

「王都へ持っていくわ。ありがとう」

上品に微笑《ほほえ》んでお礼を伝えた。

「意味があるなら教えてくれればよかったのに」

ノアは話をした商人を思い出しているのか、複雑そうな顔だ。

「最近はほとんど考慮しないわ。色や好きな花だけで選ぶほうが一般的じゃないかしら。花それぞれの意味とは違うから、それなりに複雑なのよ」

イリスは彼の手の中にある小物入れの花々を指差す。

「〝幸せ〟、〝貴方を見守っている〟、……〝変わらぬ心〟」

顔を上げると、ノアが興味深げにイリスの指先を見つめていた。彼女の視線に気づいて顔を向ける。緑の混じったブラウンの瞳が、イリスを不思議そうに見つめた。

彼はイリスに妻でいてほしいと言った。他の人と結婚しろなどと言わないでほしいと、イリスといることを選んだ。

それがヴァンデンブルク家の跡継ぎとしての責任感からくるものなのか、それ以外からくるものなのか、分からない。

（こうしてわざわざ私の故郷のものを探して贈ってくれる人に、これ以上何を求めているのかしら）

必要もないのに、ノアは彼女の機嫌を窺《うかが》い、彼女と義務以外の時間を過ごそうとする。話の途中でイリスを置いて従妹《いとこ》を追いかけたというだけの些細《ささい》なことに深刻な顔で謝罪して、イリスとの関係を大事にしたいと口にしていた。

そこまでしてもらったら、感謝して許さなければならない、とは思う。苛立《いらだ》ちのままに夫を罵《ののし》っていいはずがない。ちゃんと立場を弁《わきま》えていたら、夫に暴言を吐くなどありえない。

それなのにイリスは正しい行動をとれない。

(今の私を見たら、お母様はどう思うのかしら)

花の刺繍と同じ色の、記憶の中にある紫色の母の瞳が、ウィントロープの環織花の刺繍に重なった。

――イリス、貴女は、またそうなのね。

菫色《すみれいろ》の瞳が失望で沈む。母の重たいため息が聞こえた気がして、イリスの顔から血の気が引いた。

「あ、そういえばこれ、ただの小物入れじゃないいんだよ」

ノアの声で、やっと思考が現実に戻る。彼は小物入れの横の飛び出た部分を押した。すると蓋が勢いをつけて開く。

「きゃっ!」

あまりにも勢いよく跳ね上がったので、イリスは悲鳴を上げた。

「わっ、ごめん。危ないな。後でばねを調整してもらうね。中に針が刺せるようになってるんだ」

「針?」

蓋が開いた中身は、柔らかく丸みを帯《お》びたものが詰まっていて、針刺しになっているようだ。

「十日もあると暇だろ？　時々休憩するから、その時の手慰《てなぐさ》みになるかと思って」

「貴方も一緒に行くのよね？」

「うん、もちろん」

イリスは誰かと一緒にいる時に、その人を無視して刺繍をすることなどしない。刺繍は自分の時間が余った時にするものだ。

けれど、そう伝えるとイリスがノアと会話をしたがっているのではないかと思われるのではないかと考え、黙る。

「イリス？」

ノアが小物入れを閉じて、また開けた。彼女は蓋が急に開いたことに驚いて肩を跳ねさせる。ぽかんとしているノアと目が合った。

「ふざけないで」

彼は慌てた様子で首を左右に振る。

「ふざけてない。驚かせようとしたわけじゃないよ。ばねの具合を確かめようとしてた」

「それは今やらないといけないことなのかしら？　今、目の前に私がいる時に！」

彼ははっとした顔をして、何か思い出すように下を向く。

「ごめん。こういうところか。君より大事なものはないよ」

「どの口が言うのかしら。ペラペラと調子のいいことを言うのをやめなさい。不愉快よ」

「じゃあなんて言えばいい？」

「知るわけないでしょ。黙ってて。黙って寝て」

「ね？　ほら！　喋《しゃべ》るとこうなるから、黙ってたんだ」

「ほらじゃないのよ。まるで私が悪いように言うじゃないの！　その小物入れを貸して。貴方に持たせておくと危険だわ」

「え？　いや、ちゃんと渡せる状態にして渡すから……！」

ノアが手を引いた。イリスに届かないように頭の上に目一杯手を伸ばしている。イリスは彼の肩に手を添えて奪おうとしたが上手くいかない。手が宙を切り、二人でベッドの上に倒れ込んだ。

押し倒すようにして夫の上に馬乗りになっている。こうしてベッドの上で体温が触れる距離にいた最後が、いつのことか覚えていない。

二人はずっと互いの義務を果たしていなかった。

「ごめん。大丈夫？　怪我してないよね」

「してないわ」

近い距離で目を合わせたまま、イリスは動けなくなる。ノアが指の背で、彼女の頬に触れた。

イリスの身体で陰になった瞳が彼女を見つめている。

じっと強く、何か乞うような瞳に意味がありそうな気がするのに、彼は口を開かない。

その時、ノアの表情がふと緩《ゆる》んだ。気遣うように微笑《ほほえ》んで、肘《ひじ》をついて身体を起こす。

「驚かせてごめん。職人を呼べたら声を掛けるから、それまで君が持っていて」

イリスがその身体から下りると、彼は小さな小物入れを彼女の手のひらに乗せる。

言ったとおりにしてくれたのに、彼女は満足しなかった。思わずノアの腕に触れる。

自分でも何をしたいのか分からず、彼を見つめた。

分からないことばかりだ。

彼といると、答えを見つけられないことばかり。自分の胸の中に残る不愉快な思いの正体を、イリスは知りたいと思う。そうして早くそれから解放され、役割をこなすだけの日々に戻りたい。悩んだり考えたりしたくない。正解を教えてほしい。

彼女に果たすべき義務と役割をくれるのは、嫁入りした今は夫だけだ。

その夫が道を示してくれないと、どこへ行けばいいのか分からない。

賢《さか》しらで自己主張ばかりが強く、王太子妃に相応《ふさわ》しくないと母に失望された少女に戻さないでほしい。

「ノア」

イリスは助けを求めて夫の名を呼んだ。

彼は彼女に答えをくれない。微笑《ほほえ》んで軽く首を傾《かし》げるだけだ。

何を言えばいいか示さないなら強引に腕を引いて喋《しゃべ》れないようにしてくれればいいのに、彼の手がイリスの意思を無視してその身体を腕の中に引き入れることはない。

「イリス、どうしたの？」

ノアがイリスの顔を覗き込んだ。

イリスは身体をこわばらせ、身を引く。ノアは〝やってしまった〟という顔で距離を取ろうとした。イリスはその腕を掴む。

「待って」

二人は中途半端な距離で固まる。

「貴方は……やるべきことをできていなくても、気にならないの？」

「やるべきこと？」

ノアはその言葉の意味を考えているようだった。イリスは自分からはその先を口にすることができずに、気まずい気持ちで彼を見つめる。

やがてノアは答えに辿り着いたようで、イリスの肩を押した。先ほどと逆で、彼女の上に四つ這いで覆い被さる。

イリスは仰向《あおむ》けの状態で手を上から押さえられた。重なった手にはほとんど体重が掛かっていない。

「こういうこと？　夫婦の義務を果たせてないのが気になるかって意味？」

彼女はゆっくり頷《うなず》いた。

イリスが妻として正しくない状態である要因は他にもあるが、これが一番大きいはずだ。成果を出せていないのはこれだけ。

「忘れているわけじゃないよ。ただ、私の顔も見たくない妻を無理に抱いてまで火急に果たす必要があるとは思ってない」

「そんなこと思ってないわ」

「でも嫌だろ」

「嫌とは言ってないわ」

イリスは続ける言葉を探した。考えをまとめられず、上手く話せない。

「……分からないの。確かに心の中はすっきりしてないわ。でも自分が貴方に何を言いたいのかも、どうしてほしいのかも分からない」

その時、自分がノアの手を強く握りすぎていることに気づいた。

「ごめんなさい、痛いわよね」

手をパッと離すと、逆に繋いでいた手に体重が掛かった。ノアの額《ひたい》がイリスのそれに軽く触れる。焦点が合わないほど至近距離に、ブラウンの瞳があった。

「考えて。どうしてすっきりしないのか、考えてみてほしい」

覆い被さるように口を塞《ふさ》がれた。ノアの舌がイリスの意思を問うように軽く唇を舐《な》める。尖った舌先につんと唇の合間をつつかれて、イリスは軽く口を開いた。隙間ができると、そこから舌が入ってきて、イリスの舌を搦《から》め捕《と》る。

「んっ、ふ……ぁ、わから、ない……わ！」

「今、分からなくても……はぁ、……答えが出るまで、ずっと、諦めないで」

ノアの舌が口の上の硬いところや、歯を撫《な》でた。唇を軽く噛んだり舌を吸ったり、様々な刺激がイリスを翻弄《ほんろう》する。

身体が覚えてしまった官能を引き起こされ、戸惑いがあっという間に逆らえない快感になって、イリスの身体を震わせた。

ノアの身体が覆い被さってくる。密着した身体は熱く重たくて、口付けで塞《ふさ》がれた息苦しさがさらに増した。

「はっ、のあ、……んぅ、くるし、……ぁっ！」

ノアがイリスの足に触れる。乾いた手が優しく太ももを撫《な》でくすぐった。その手が少しずつ、イリスの足の間に近づいていく。

「あっ」

指が下着の上から秘裂に触れた。決定的な刺激を与えないまま表面だけを何度もなぞる。触れていない胸の先が痛むような気がして落ち着かなくなり、イリスは身じろぎした。

ノアの手が下着の中に入ってくる。素肌を撫《な》で、先ほどは表面しか触れていなかったところを割り入って、身体の中も触れた。

彼は口付けをやめて、イリスの耳たぶを軽く噛む。

「まだキスしかしてないのに、指が入りそうだ」

「ぅ、あ……んっ」

指が浅いところをゆっくりと出入りする。愛液が絡んで、少しずつ抽送が滑《なめ》らかになった。鈍い快感を拾いながら、イリスは彼の背に手を回す。

このまま刺激が強まれば、頭が真っ白になるような強い快感を得られるはずだ。

だが、ノアの手が止まる。指が引き抜かれた。急に熱が取り去られ、イリスの口から切ない声が漏れる。

「あっ……」

触れられていたところが疼《うず》く。彼女は呼吸を整えながら、ノアの顔を探した。

「イリス」

ノアが鎖骨に触れた。イリスの身体の中心部から肩にかけて、一本の指で骨をゆっくりなぞる。肩の丸みを確かめるようにさすって、そのまま手のひらを重ねた。

指が絡む。その胸元を開くように、イリスの手が顔の横まで上がる。

「次は、どうしてほしい？」

「な、何……？」

「どこを触ってほしいか教えて」

「そんなの知らないわ。もう挿入して大丈夫よ。さっき……中を触ったのだから分かるでしょう」

丁寧に愛撫《あいぶ》されなくても、彼女の身体は口付けで濡れていた。何度もノアを受け入れているし、少し指でほぐしただけでも痛みが生じることはないはずだ。

「きゃっ！」

なのにノアはイリスが言ったことと違うことをした。服の上から指先で胸の先端を避けて円を描き、手のひらで柔らかい乳房を押し上げるように揉《も》む。そうしながら、イリスの夜着をめくりあげる。

裸になった胸に吸いついた彼は、リップ音を立てて唇を離す。熱い息が、存在を主張しはじめた頂《いただき》に触れる。

「あっ」

「息がかかると感じる？」

「ん、ぅ……そこでしゃべらないで！」

「口に含んで舌で弾かれるのと、ゆっくり舐《な》められるのと、指でつままれるのはどれが好き？」

「下品な話をするのはやめて」

「下品じゃないよ。君をどうやって愛したらいいか聞いてる」

イリスの手を握っていたノアの指に、力がこもる。イリスは戸惑いながら彼の顔色を窺《うかが》った。いつもその表情には感情が分かりやすく出ているのに、今日はよく分からない。

彼女は暗く陰った顔からその考えを読もうとする。

「貴方、怒ってるの？」

「怒ってるわけじゃ……分からない。怒ってるわけじゃないと思う」

ノアが長く深い息を吐いた。ベッドが軋《きし》む音がしてその体重が掛かる。彼は前のめりになって、イリスに触れるだけの口付けをした。

「君に触れるのを義務にされるのが嫌なんだ。夫婦の役割に義務以上を求めるのはおかしい？」

その質問に答えようとして、イリスは答えられなかった。

夫婦関係に義務以上のものを持ち込んで心を乱されるのを嫌だと思う。何も考えずにやるべきことをこなして正しい姿でいれば、暗く重い気持ちを抱えることはない。

そのほうが楽なのに、今目の前にいるノアはそれが苦しいと言う。

「おかしくは、ないと思うわ。私は……私も、貴方との関係を義務だけのものとは思ってない」

そう思えたら楽なのに、割り切るのが難しい。それはノアが余計な、無駄な時間を強要したせいだと文句を言いたいくらいだ。

「そう言ってくれるなら、教えて。君の身体が、誰に、どうやって触れられると感じるのか、ちゃんと覚えて、教えてほしい」

ノアの唇がもう一度重なった。軽く触れて、離れるを繰り返す。唇を舐《な》められて、イリスは眉を顰《ひそ》めた。軽く開いたところから、舌がそっと入ってくる。

(誰に、何をって……貴方しかいないのに)

舌が絡んで、ちゅっと音を立てて吸われる。彼は快感を得られる場所を教えるようにゆっくりと口の中を愛撫《あいぶ》した。

ぼんやりする頭で言われたとおり自分の身体の感じるところを探そうとして、なぜそんなことを真面目にしなければいけないのかと、思い直す。

いくら閨《ねや》では夫に従うようにと言われていても、こんなもの、義務ではないはずだ。

ノアがイリスの名前を呼んで、彼女の身体を撫《な》で回《まわ》す。緩《ゆる》やかで甘い刺激が徐々に強くなり、イリスは抑えられない声を漏らした。

「あっ！」

穏やかだった刺激が急に鋭くなった。

胸の先端をノアがつまんで軽く引っ張ったり指の腹で挟んだり、擦ったりしている。分かりやすい快感に、イリスの口から甘い声が漏れ続ける。

「んっ、ふ……あぁ、あんっ、それ、や……！」

彼の爪先が敏感になった乳首を引っ掻いた。全身が跳ねるように反応して、イリスの腰が浮く。

「これ？　舌で弾かれるのとどっちが好き？」

「ひゃっ」

ノアが反対側の乳首を乳輪ごと口に含んだ。硬く尖らせた舌先が先端をつついて弾く。

「あんっ……両方、一緒にしないで、分からないわ……！　あっ」

「多分、君は噛まれるのが好きだよ」

「なっ……んんんっ！」

宣言どおり、歯が軽く当たる。噛むというには甘すぎる刺激。じんとしたところをまた舐《な》められて、イリスは自分の足の間がじわっと濡れるのを感じた。

「のあっ、もう、胸はいいから……！　やっ、あ！」

背中がのけぞって、胸を突き出してしまう。もっと舐《な》めてほしいと言っているような体勢になり、顔が熱くなった。

ちゅぷっと音がして、やっと乳首が解放される。濡れたところを冷えた空気が撫《な》で、それさえ快感をもたらしそうだ。

「はぁ、はっ……」

「気持ちいい？」

「……ええ」

分からないと答えるには甘い声をあげすぎたという自覚がある。イリスは正直に答えた。

（今の、何が一番よかったか言わないといけないの？　いくらなんでも無理よ）

恥もあるし、いろんなことを一度にされたからよく分からない。落ち着かなくなった身体を誤魔化すために足をすり合わせる。

ノアがその足を左右に開いた。下着が取り去られて、裾の長い夜着一枚になる。下半身に風が当たり、自分の足の間がどれだけ濡れているのかよく分かった。

意識しなくても先ほどの言葉が頭に残っていて、イリスに意識させようとする。誰に何をされて、自分がどうなっているのか。

彼女の頬は再び熱くなった。

乳首への刺激は鋭い快感をくれるが、それより彼女の頭をとろけさせ真っ白にするのは、違うものだ。

イリスは挿入の期待で秘部が反応するのを感じた。ノアの両手が彼女の足をさらに開く。

「何？」

いつもと様子が違うことを感じ取って、イリスは上半身を起こそうとした。

「きゃっ⁉」

その秘部に熱い空気が触れる。すぐに濡れたものが、敏感な場所を撫《な》でた。指とは違う、柔らかく熱を持つもの。それが舌だと理解する前に、痺《しび》れるような快感で身体が跳ねた。

「あんっ、ああっ、えっ、あ……やだっ、何してるのっ、や、あ！」

濡れた舌で愛撫《あいぶ》され、唾液とイリス自身の愛液が混ざって卑猥《ひわい》な音がする。強い刺激と音、何より行為そのものに耐えられなくなって、目に涙が浮かんだ。

「お願い、やめて……っ」

舌が身体の中に入り、音がさらにうるさい。ぐずぐずになったところに、今度は舌よりも太いものが入ってきた。指が溢れ出る蜜をかき混ぜて、イリスの羞恥心《しゅうちしん》を快楽で上塗りする。

「んあぁっ！」

「ぐずぐずになってる」

「や、もうっ、いい……ノア、もう、いいから……ああっ！」

ふいに、膨らんだ陰核を優しく舐《な》められた。口からひっきりなしに短い嬌声《きょうせい》が上がって、つま先に力が入る。

「やっ、もう、だめ……ッ！」

身体が昂《たかぶ》りきり、イリスは全身を震えさせて達した。力が抜けて、ぐったりとベッドに沈み込む。

「やんっ、あ！」

ノアが彼女の胸を揉《も》んだ。反射で誘うような声が出る。指で胸の先端を弾かれ、そのたびに身体が跳ねた。

「挿《い》れるね」

「あっ、待っ……ああんっ！」

指とも舌とも違う、熱くて質量のある熱杭が最奥を突く。彼女の秘部は柔らかくなっていて、久しぶりの行為でも痛みもなくノアを受け入れた。

「イリス」

繋がったまま、彼は身体をかがめてイリスに口付けた。

先ほど自分の秘部を舐《な》めたはずの舌が入ってくることには抵抗があったが、拒否する気力はない。その気持ちを読み取ったかのように、彼は唇の表面だけを舐《な》めた。

中に入ったものがゆっくり引き抜かれて、もう一度身体の中に入ってくる。

ゆるやかな動きだ。

「分かる？　こうやって動くと、君の中が絡みついてくる」

「はぁ、あっ……解説しなくて、いいわ、はっ……あぁっ！」

ぐっと奥を突かれて、イリスの身体がのけぞった。ノアがゆるかった腰の動きを少し速める。律動が強くなり、それに合わせてイリスの声も短く意味のないものになっていく。

「君の身体が、感じることに意味がほしい。それを君の口で聞かせてほしいんだ」

頭を真っ白にするようなことをしながら、ノアはイリスに考えることばかり要求する。

気持ちよくて、熱くて、よく分からない。

イリスは今、考えることができない。

昂《たかぶ》って全身がこわばった瞬間に口を塞《ふさ》がれて、彼女は気絶するかと思った。彼の腕に力強く抱きしめられる。助けを求めるようにその背に手を回したが、答えをくれることはない。何も分からないぼんやりした意識の中で、密着した身体の熱さだけが確かなものだった。

◇　◇　◇

ナタリア王女の誕生日を祝う夜会は、秋の終わりに行われる。

ノアがイリスに何か望むようなことを口にしたのは一度だけだった。久しぶりに肌を重ねたあの日だけ。それ以降、彼は以前の態度に戻そうとしているように見えた。

イリスも彼を避けたり妙な態度を取ったりしないように細心の注意を払っている。

ノアが時折、何か探すようにイリスの顔をじっと見つめるせいで、彼女は自分に与えられた課題を思い出す。ただし答えは出ないまま。

そうして秋が終わる頃、ノアとともに王都へ発った。

イリスは道中の馬車の中で、王都で顔を見ることになるであろう、実家の人々を思い浮かべる。父は王族との繋がりを悲願としていた。本来の立場に戻るためなのだ、と。

イリスの家系は遡《さかのぼ》れば王族の血を引いていて、男の継承者のいなかった先々代の当主には王弟の一人がついたそうだ。

イリスが王太子のジョシュアと結婚してその子供が国王として戴冠することで、やっと家の血筋の人間を正しい椅子に座らせることができるのだと言う――

「イリス？」

その時、ノアに呼び掛けられて、彼女ははっと顔を上げた。

「大丈夫？　酔った？」

「そうね、そうかもしれないわ」

「少し休憩しようか。もう少しでクロックパンだな。見て、このあたりから葉の色が違うよ」

促《うなが》されたとおり、窓の外に目を向ける。

「本当ね。ヴェルディア領の森より黄みがかって明るい……どうしたの？」

ノアが自分をじっと見ていることに気づく。けれどそれは気まずくなるようなものではなかった。

「なんでもない。横に座っていいかな」

許可を出す前に、彼はイリスの横に移動する。

「走行中に立つのは危ないわ」

「今は座っているよ」

「屁理屈」

ノアは軽く笑ってイリスの手を握った。

その意図は分からないが、振り払うほど嫌だとは思わない。冷えた馬車の中で手の温度を感じるのは心地いい。イリスは夫の手をそのままにすることにして、話題を元に戻す。

「貴方は本当に、色んなものをよく見つけるわね」

「そう？」

「ええ、このあたりから木々の色が変わっていくなんて、気にしたこともなかったわ」

「どうでもいいことに気を取られすぎてる、とはよく言われる」

「知らなくても困るわけじゃないけれど……貴方みたいに窓の外に楽しみを見つけられるなら、移動も退屈しないでしょうね」

嫁入りの道中、彼女が窓の外に目を向けることはほとんどなかった。ぼんやりと座ったままマリアンヌの言葉に曖昧《あいまい》に相槌《あいづち》を打っていた気がする。

「痛っ……ノア、ちょっと！」

ふいに手を強く握られ、痛みを感じた。イリスは非難の視線をノアに投げる。

彼はイリスの肩に寄りかかるように体重を掛けた。受け入れようと思ったが、さすがに重すぎる。

出発前に仕事を詰め込んだので疲れているのは分かる。しかしイリスだって同じ状態だ。

(すぐふざけるんだから)

彼女は厳しめな声を出した。

「重たいわ。眠るなら反対側に座って」

「眠らないよ。寝たくない」

「なら背筋を伸ばして自分で座りなさいよ」

呆れて呟《つぶや》くと、ノアは「もう少しだけ」と言ってそのままイリスの肩に自分の頭を預ける。

道中は多少余裕を持って日程を組んでいる。宿泊を予定している街より少し近い場所で一度馬車を止めて、馬を休ませることになった。

イリスはノアと川沿いを歩きながら葉の色の変わった落葉樹を眺め、後で刺してみようかとぼんやり考える。

彼女は今、ツバの広い帽子を被り、長距離移動のためにあまり腰をきつく締めないワンピース型のドレスを着ていた。冷たい秋の風が足を撫《な》で、ふるっと身体が震える。

「寒い？　戻ろうか」

「大丈夫よ。風が冷たいだけで、もう少し歩けば温まるわ」

その時、イリスの肩にすとんと重たいものが落ちた。風が遮断されて暖かくなる。

ノアが上着をかけてくれたからだと気づいて、その顔を見上げた。彼はイリスと目が合うと、得意げに口角を上げる。

「夫の役割を果たしてる？」

「これは仕事に含まれないわ。貴方に風邪を引かれたら困るから結構よ」

「引かないよ。ヴェルディアの冬はもっと寒い。ウィントロープは雪がほとんど降らないんだっけ？」

「雪を見たことはあるわ」

「そうなんだ。どれくらい積もるの？」

イリスは幼い日の記憶を思い出しながら、自分の足首あたりに手を置く。

「このあたり、かしら？　もう少し浅かったかもしれないわね」

「うーん、それは積雪に入らないな。うちだと場所によってはこんなだよ」

ノアは自分の頭の少し上で雪の高さを示した。イリスは驚いて、「嘘よ」と呟《つぶや》く。

「本当だよ。外の除雪作業が終わるまで一日中外に出られない時もある」

「それは大変だわ」

彼女はヴェルディアに住まう人の生活を思って眉を下げる。

「でもそこまで降ったのは三年前が最後かな。普段はこれくらい」

ノアが自分の太ももあたりを示した。それでもかなりの高さだが、先ほどとは大きく差がある。

「やっぱり嘘じゃゃないのよ！」

「嘘じゃないよ。三年前は本当にこれくらい降ったんだ。私の背よりもずっと高かった」

「本当だとしても言い方ってものがあるわよ。馬鹿にしてるのね」

「馬鹿にしてないよ。可愛いと思ってる。雪の大変さを想像してくれる君の優しさが嬉しいよ」

ノアは本当に嬉しそうに見えた。イリスはそれを胡散臭《うさんくさ》そうに眺め、ふいっと顔を逸《そ》らす。

「そんなに寒さに慣れているならこの上着は借りておくわ」

「うん」

上手く口車に乗せられた気がして、複雑な気持ちだ。

ノアは白いシャツの上に、深いボルドーのベストを着ている。色味は温かいが、やはり上着がないと寒々しい。

「足が疲れてきたわ。戻りましょう」

「じゃあ」

「運ばなくていいわ。その冗談はもう結構です」

彼女は以前、夫が口にしたことがあるのを覚えていた。ノアが苦笑いする。

「イリスって本当に記憶力がいいよね」

「そうよ。私は一度あったことは忘れないの。忘れたくても忘れられないのよ」

だから全部覚えている。母のため息も、父の瞳が娘から興味を失う瞬間も、ジョシュアが手を差し伸べてくれなかったあの日のことも。

「じゃあイリスは長生きしないとね」

「長生き？」

「辛《つら》いことがあった時、振り返って意味を考えられるのは五年後くらいじゃない？」

「死ぬ前の最後の五年はどうするの？」

「そうだな……上書き用の思い出をたくさん作っておく。楽しい思い出が百個あったら、一つくらい嫌な思い出でも楽しいほうを思い出すと思うんだ」

イリスには百個も楽しい過去や好きなものを頭に思い浮かべることはできない。理屈としては理解できるが、自分がそれをできるようになるとは思えなかった。

ノアには百個以上好きそうなものがありそうだと思う。それと同時に、彼にも忘れたくても忘れられないような、心の傷を負った出来事がいくつもあったのだろうかと想像しようとした。けれど、今の彼の表情からはそれを読み取れない。

「やってみないと分からないわ」

「そうだね。やってみないと分からない。あ、一つすぐそこに探しに行かない？　確かあっちに植物園があるはずだ。イリスは花とか葉とかよく刺繍してるから好きだよね？」

花や植物が好きなのではなく、そういう図案が多いだけだ。好きかどうかを考えたこともない。

「貴方は行ったことがあるの？」

「ううん。知り合いに教えてもらったんだ。退屈なのに奥さんに付き合わされてうんざりしてるから、庭を拡張するんだって言ってた。私は楽しそうだと思ったけどね。館長の趣味で食虫植物まであるらしい」

ノアはその時の会話を思い出したようで、声を出して笑う。

「行ってみたいわ」

「分かった。歩くけどいいかな。道を聞くからちょっと待ってて」

彼が道ゆく人に目を向けた時、強い風が吹いた。イリスの帽子がふわりと浮いて空に飛ぶ。思わず彼女は手を伸ばして追いかけた。

「危ない！」

ノアの手がイリスをぐっと引き寄せ、彼女と場所を入れ替えるように立ち回る。もう片方の手で帽子を捉《とら》えたが、足元は川に下る石畳を踏み、その勢いで下りていく。

「うわっ」

水飛沫《みずしぶき》が上がる。ノアのトラウザーズは膝下まで水に浸《つ》かっていた。

「大変！」

イリスは急いで少し離れたところにある階段を下りて、ノアのもとへ走る。

彼は川から出て一度くしゃみをした。

「ノア、ごめんなさい！　大丈夫？」

「うん。はい帽子」

帽子をイリスの頭に被せる。そして彼女がお礼を言葉にする前に、身体を震わせた。

「さすがに寒いな。一旦戻っていい？」

「もちろんよ。ねぇ、だ、大丈夫なの、そんなに濡れて……！」

「平気だよ。これが夏だったら最高だったんだけどな」

ノアは平気そうにしているが、イリスは気が気でない。慌てて彼の上着をその肩に戻した。

「ああ、ありがとう。君も寒くなっちゃうね。急いで戻ろう」

ノアが手を差し出す。イリスは自分の手を重ねた。彼はイリスより体温が高く、靴ごと足が水に浸《つ》かって寒いはずの彼から体温を奪うことになる。

それを考えて手を引こうとしたのに、ノアはイリスの手を握って離さなかった。

そんな事故が起こったので、二人は当初の予定を繰り上げてこの街に宿泊することにした。

ノアは宿屋の一室で器にお湯を張ってもらい、椅子に座って足を浸《つ》けている。

「みんな大袈裟《おおげさ》なんだよ。本当はライリュースに泊まりたかったのに……もういいかな」

彼はまだ湯に浸《つ》かったばかりなのに出ようとした。

「ダメよ！　凍傷になったらどうするの」

「イリス、凍傷って知ってる？　凍るんだよ。表面すら凍っていない川で足が先に凍るわけないだろ」

「でも……まだ唇が青いわ」

自分のせいで誰かを危険に晒《さら》すような失態は、今までの人生で一度も犯したことがない。ノアが自分の足できちんと立ったからいいものの、足を滑らせて流されでもしたら川での事故は命に関わる。

ノアのことも、当初の予定が変わったことも、全てイリスが帽子を飛ばされて、それを自分の手で取ろうなどと愚かな真似をしたからだ。それを考えると、涙が滲《にじ》みそうになる。

「イリス？　イリス、大丈夫だよ。本当に大丈夫だって！　痛くも痒《かゆ》くもないし、むしろ冷やしてから温めたから健康になった気がする」

励まそうとしているようだが、言っていることはよく分からない。

「何を言ってるのか分からないわ」

「え？　まぁ、私も理屈はよく知らないけど、とりあえず大丈夫ってことだよ。こっちに来て」

彼はイリスを手招きした。近くに行くと、腕を引く。

「ここに座って。私の膝の上」

「えっ、嫌よ」

「座ってよ。少しでも申し訳なく思ってるなら座って」

ずるい言い方に、彼女は渋々、彼の上に座った。ノアがもう涙の滲《にじ》んでいないイリスの目元を撫《な》でる。

「泣かないで」

「泣いてないわ」

「泣きそうに見えたよ」

彼女の強情な主張に対して、困ったように笑った。外にいた時よりも少し血色が戻ってきたその唇に、イリスは親指で触れる。そのまま、唇の縁《ふち》をなぞった。

ノアはくすぐったそうに笑う。イリスの目元にあった手が、彼女の淡い金の髪を撫《な》でた。

「子供扱いしないで」

「してない。妻扱いだ」

「そんな言葉はないわ」

「今作った」

「減らず口にもほどがあるわよ」

イリスの辛辣《しんらつ》な言葉を笑うばかりで、彼は真剣に取り合っていないようだ。くつろいだ表情で軽く首を傾《かし》げる。

「イリスはあまり失敗したことがないの？　こんなどうでもいいことで、この世の終わりみたいな顔をしてる」

「下手をすれば貴方は死んでいたかもしれないのに、よくどうでもいいなんて言えるわね」

「死んでない。怪我もしてないよ。ただ少し濡れて、寒い思いをしただけだ。それだけだよ」

ノアは柔らかく微笑《ほほえ》んで、イリスの頭を撫《な》でた。

その手を振り払いたいような気もしたし、そうしたくない気もする。イリスは警戒して彼の顔をじっと見つめた。

「イリス、今日のことを君にとって悪い思い出にはしたくないんだ。私が今の状況をよかったって思ってたら、イリスもそう思ってくれる？」

「分からないわ。よくなりようがないでしょう」

「なるよ。一緒に散歩できて嬉しかったし、イリスをこうして膝に乗せるのは結構楽しい。泣かれるのも私のためだと思うと悪くないね。慰《なぐさ》めて笑ってもらえるなら、なおさら」

口を一文字にし続ける彼女を見て、またノアが笑う。

「キスしていい？」

問い掛けに、イリスは無言で目を瞑《つむ》る。それ以上のことをしているのに今さらなぜそんなことを聞くのだろう。

唇には何も触れず、目元に柔らかい感触がした。流れてもいない涙を拾うように、ノアの唇がイリスの目尻で音を立てる。

彼女がゆっくり目を開くと、満足そうな顔をしたノアと目が合った。彼はこれで満足なのだ。イリスの目元に優しくキスをして、目を合わせて笑い合えば十分だと思っている。

けれど、イリスはそれだけでは十分だと感じない。ノアの肩に手を添えて軽く身を乗り出し、赤さの戻りきらない唇に軽く自分のそれを重ねた。

ノアが緑混じりのブラウンの目を瞬《またた》かせる。ぽかんと小さく口を開けた間の抜けた顔は何度か見たことがあった。

イリスはノアが他人を警戒しないことに苛立《いらだ》ちを感じる。彼女が暴言を吐いても言い返してはこないし、川から落ちてもなんでもないと言う。いつも油断していて、傷ついてもその痛みを共有してくれない。イリスには心に抱えているわだかまりを晒《さら》すように促《うなが》すのに、ノア自身は、どこかまだ彼女に遠慮している。

(私だけ心を晒《さら》して貴方に預けるなんて、不公平じゃない)

それが心にずっと引っかかっている気持ち悪さなのだと気づいた。

もっとも分かったところで、ノアにどう伝えていいか分からない。不満と寂しさと苛立《いらだ》ちが混じったような、扱いきれない感情だ。

ふいにノアの手がイリスの頬に触れた。彼女の様子を窺《うかが》うように親指が頬の丸みをなぞる。反対の手が彼女の肩に触れ、引き寄せた。

軽く唇が触れて、角度を変えてまた重なる。その動きにイリスが肩を震わせると、彼はさらにぐっと彼女を抱く腕に力をこめた。少し乱暴になった動きに、イリスは溜飲が下がった気になる。

「んっ……」

息苦しくなって彼女の口から声が漏れた。唇が離れると、ノアがじっと見つめているのに気づく。

彼は離れたばかりの唇に軽くつつくようなキスをして、次に頬と目元に唇を落とし、イリスを抱きしめた。

彼女が苦しくならない程度に力を加減した抱擁《ほうよう》だ。

冷たい部屋で人の体温を感じるのは心地いいが、イリスの胸には寂しさが残った。


馬車での移動が続いて数日後。

土砂降りの激しい雨が窓を打ちつける音を聞きながら、イリスはノアとともに宿泊先の宿の一室にいた。

ソファに向かい合って座り、お互い書類仕事と、読書をしている。ノアは無言だが、視線がうるさい。イリスは読書をやめて顔を上げた。

「何？」

「イリス、雨が降ってるよ」

「知っているわ」

「刺繍しないの？　雨の日は刺繍するって言ってなかった？」

「刺繍……？」

彼は自分が贈った針刺しの登場機会がないのか聞いているのだと察して、彼女は本を閉じる。

普段なら頂き物を受け取った後はできるだけすぐ送り主の前で使用して喜んで見せるか、手紙を書くのだが、ノアの前でそうするのを忘れていた。

荷物を開けて、中に入っている〝交通安全〟のお守りを取り出す。興味深そうな顔をしている彼の前に、スケッチブック、鉛筆、転写紙、布、ハサミ、刺繍枠、いくつかの糸、そして彼が選んだ針刺しを並べる。

「どうしたの？」

スケッチブックと鉛筆を手に取って、円を描く。そこで手が止まった。

「……図鑑を持ってきてないの。だから図案が描けないわ」

「想像で描いたらいけないの？」

「想像で描くのは苦手なの」

「ふーん、じゃあ私が描いてあげようか？」

「絵が得意なの？」

「ううん。でも何かは描けると思うよ」

イリスはノアにスケッチブックと鉛筆を渡してみる。

「何がいい？　花にする？」

「なんでもいいわ」

「じゃあどうしようかな。ちょっとお腹《なか》が空《す》いてきたから果物にしよう」

彼はスケッチブックに丸を描いた。その上に一本の棒を描く。

「これはりんご」

「それは円と線よ」

「りんごだよ。赤い糸と茶色……緑？　この茎のところって何色だっけ」

「茶色よ」

「茶色ね。とにかく色をつければりんごだってことは分かる。あとこれは梨」

りんごが少し細長くなって、くびれがついた形の図形と、線が一本足された。彼は次々と丸を描いていく。少し長細いもの、小さいもの、大きいもの、尖ったもの。

「プラム、チェリー、ブラックベリー、カリン、レモン」

「待って、見分けがつかないわ」

「色をつければ分かる」

「葉の形も違うわよ」

「葉の形なんて覚えてないよ。じゃあイリスが描いて」

ノアは笑ってイリスにスケッチブックを返した。いいように動かされている気がして不服だったが、彼女は大人しくスケッチブックを手に取る。

「Nの周りにさっきの果物を描いてくれる？」

「N？」

ノアが自分自身を指差して笑った。

「私は葡萄《ぶどう》が一番好きかな。あと、オレンジがいい」

「季節が違うわ」

「確かに。じゃあ一周で一年にしよう。葡萄《ぶどう》、りんご、梨、オレンジ……レモン、ラズベリー、いちご、チェリー、プラムでどう？　多すぎるか」

イリスはスケッチブックの中央にNを描いて、その周りを九等分にする。それぞれの果物を思い出しながら描く。

「レモンの花は見たことがないわ」

「レモンの花は白くて細い花弁が五つあるよ。人の手みたいに。こんな感じ」

ノアが手を出すので、彼女は鉛筆を渡した。スケッチブックの端に、星のような形のふにゃりとした花が生まれる。

「ん？　なんか違うな。指みたいな形をしていた気がするんだけど」

「ヒトデみたいね」

「似てるよ。ヒトデみたいな形だった。私は実物のヒトデを見たことはないけど」

イリスは自分の描いたレモンの隣に、ヒトデのような形の花を描く。顔を上げると、ノアと目が合った。ブラウンの瞳が愉快そうに細まる。

「っはは、ダメだ。私の説明じゃ。周りとの差がすごいね」

「そうね。でも、貴方の頭の中のレモンの花がこれなら問題ないでしょう。持ち主は貴方だもの」

「そうだね」

イリスは図案の細かいところを整えて、転写紙を用意した。スケッチブックを切り離して、転写紙と布を重ねて上からなぞっていく。

「見ていても退屈じゃない？」

「退屈じゃないよ。手作業している人を見るのは結構好きだな。私は集中力がなくてこういうのは苦手だから、尊敬する」

ノアはくつろいだ表情をしていて、その言葉に嘘はないように見えた。

「イリスは果物は何が好き？」

分からない、と答えようとして、彼女は少し考える。

「貴方は、葡萄《ぶどう》とオレンジの何が好きなの？」

「私？　うーん、なんだろう。酸味と甘みがちょうどいいから？　食べてて飽きない」

イリスは自分が食べていて飽きないものは何かと考えようとした。テーブルに出されたものは満遍《まんべん》なく食べるようにしており、果物は人にもらうことが多いため、贈り主に失礼がないように必ず口をつける。一緒にいる人との話題が弾むかどうかという基準で手に取るものを選ぶことも多い。

そうしていると、自分が本当は何が好きかなどと考えなくなる。

(分からない。本当に分からないわ)

彼女は自分の果物の好みさえ答えられないことに愕然《がくぜん》とした。

ノアがスケッチブックを指差す。

「りんごと葡萄《ぶどう》、目の前に一緒に並んでいたらどちらを先に食べる？」

「……葡萄《ぶどう》、かしら」

「りんごと梨」

「りんご？」

「梨とレモン」

「レモンは単体では食べないわ」

「じゃあ梨とプラム」

彼は果物の名前を一つずつあげていった。九つの果物を比較して、最後に残ったのはプラムだ。

「多分、イリスが好きなのはプラムだ」

「普通はね。でもイリスは最後に好きなものを食べない？」

「普通、最初に好きなものを食べている気がする。ほら、君ってなんでも満遍《まんべん》なく食べるだろ。だから最後は好きなものの味で終わらせたいんじゃない？」

「そうなのかしら」

「まぁ、分からないけど。今度一緒に確かめてみよう。でもあれか、旬が違うから全部一緒に比較はできないね。一年かけて比較しよう」

ノアにとっては何も楽しくないはずだが、彼は楽しそうに笑っている。イリスはそれを不思議に思いながらも頷《うなず》いた。

彼の優しく寄り添おうとする態度を、どう受け取っていいか分からない。大切にされていると感じるが、同時に気遣いも感じた。イリスがまた顔を見たくないと横を向いたら、分かったと距離を取るだろうと想像できる。彼女に対して感情のままに怒ることもない。

少し落ち込んだことがある以外、ノアが感情を揺らすのをイリスは見たことがない。その寂しさに気づいて、それを持て余しているのだ。

ノアの視線を避けるように、彼女は刺繍糸を手に取った。針刺しから刺繍針を一本取り出して、白い糸を二本通す。図案を写し終えた布を枠につけて、裏からステッチで白い花を刺していく。

「あとはただの繰り返しの作業よ。貴方も何かしたら？」

呼びかけると、ノアは曖昧《あいまい》に返事をした。しばらくは彼女の手元を見ていたが、そのうち書類に手を伸ばして何か書き込みをはじめる。

彼は自身のことを集中力がないとよく言うが、書類に向けている目はそのうち真剣なものになって、イリスのことは頭から忘れたように夢中になっていく。

彼が瞬《まばた》きをすると、まつ毛が揺れた。何か思いついたようで、その口元が楽しそうに弧を描く。ぱち、と目が開いて閉じて、緑混じりのブラウンの瞳が書類から逸《そ》れてイリスの目を捉《とら》えた。

「痛っ」

「えっ、大丈夫？　見せて」

彼女が声をあげると、ノアは書類をソファに投げ出して彼女の横に座り、刺繍枠を手にしていた指を取る。血が出ていないことを確認して安心した顔になった。

その表情をイリスはじっと見つめる。

（私、書類に向けていた表情のほうが好きだわ）

自分の心に浮かんだ言葉を、少し遅れて理解する。なぜそんなことを考えたのかよく分からない。ただ、彼女の指に傷がないことに安心して微笑《ほほえ》む顔よりも、書類に視線を向けて楽しそうに口元を緩《ゆる》め目に光が入る瞬間のほうが、見ていて飽きない。

騎士団との思い出や、イリスの知らない誰かとの出来事を話す時の、気楽で楽しそうな表情。そのほうが本来のノアらしいと思う。

イリスといる時の彼はそれを抑え込んで〝ちゃんとした夫〟を演じようとしているように見える。

「イリス？　やっぱり痛いの？」

「いいえ。貴方は……ノアは、雨の日は何をするの？」

彼女の唐突な質問に対して、ノアは首を傾《かし》げた。

「私？　雨の日……うーん、仕事？」

腕を組んで、少し視線を外す。

「仕事しかしてないな。雨だと私が逃げ出さないからロバートが書類を積みに来る……あ、最近はしてないよ！　ここ数年はしてないんだけど、前はその、行き詰まるとちょっと外に出て……待って、これじゃひどいサボり魔だと思われそうだ。やるべきことはちゃんと期日までに片付けてたよ！」

「過去の出来事まで私に弁明しなくていいわよ」

「絶対に実際よりも悪い印象を受けてる。ロバートに聞いてほしい。私が真面目に働いていたことを証言してもらってよ」

必死に弁明しようとする姿に、イリスは呆れ半分で笑った。

「真面目に仕事をしていたのは書類を見れば分かるわ。過去の資料も全部目を通したもの」

「全部見たの？」

「細かいところまでは見てないわ。でも一応、確認しておきたくて」

「すごいね。本当にイリスってすごいよね。このへんは適当でいいやとか思うことないの？」

「そうね……ないわ」

ノアは、はぁ、と感心したように息を吐いた。感心されても、イリスはそれを称賛されるべきことだとは思わない。それしかできないからそうしているだけだ。

「どこで手を抜けばいいのか分からないの。全部完璧じゃないと不安だわ」

「それで手が回らなくなることはないの？」

「なんとかするわ」

「すごいな！　私も言いたい。私が言ったら有言不実行でものすごく評価が落ちるのかな」

「貴方も言ってたわよ」

「えっ、嘘！　いつ？」

「先日の……ヒューズ伯爵と北の街道を開発する件で、急に土地買収に抵抗されたと言われた上に賃金引き上げのデモが始まって工期が延びそうという相談を受けた時よ」

ノアが、ああ、と言いながら頷《うなず》く。

「ひどかったよね。みんな好きなことしか言わないから頭痛がした。窓口全部頼んでたから伯爵は首を吊る勢いだったし、私にはなんとかするとしか言えなかった。生きててくれてよかったよ」

その時のことを思い出したようで、はぁ、と息を吐いた。

イリスは詳しいことを知らないが、彼は土地買収に反対している住民とデモの参加者にそれぞれ事情を説明し、街道開通後の会社への利益分配で責任者と話をつけ、資金回収計画を見直して、それでも説得できない出資者の代わりに別の出資者を探したと聞いている。その時の彼は、もう二度と街道を開発したくないと嘆いた。ただしその二週間後に、来期は別の街に続く古い道の拡張改修工事を計画したほうがよさそうだ、と言い出したが。

「そうね。とにかく有言不実行ではないわ」

淡々と告げると、ノアは嬉しそうに笑った。

「ありがとう。イリスにそう言ってもらえると自信になるよ。自分のことを見ててくれて、褒めてくれる人がいるってすごく嬉しいことだよね」

彼は恥ずかしげもなく、素直に気持ちを言葉にする。褒められて嬉しいというただ単純にそれだけを伝えるのを見て、イリスは彼の詩を思い出した。

彼は思ったらそれがそのまま言葉になる人で、誤魔化したり取《と》り繕《つくろ》ったりしないという印象だ。

(もしかして遠慮しているという自覚もないのかしら)

彼女は本人に尋ねてみることにする。

「貴方って、私に何か気遣っているという自覚はあるの？」

「え？　もしかしてまた何か無神経なこと言った？　全然気づいてない。ごめん。えっと……教えてくれない？」

「そうじゃなくて、逆よ。何かこう、遠慮しているでしょう」

「遠慮？　分からない。だいたい思ったことはそのまま言ってるけど」

そこでノアの口がぴたりと止まった。

「何？」

「言葉じゃなくて態度で伝えたいことがあって、それは言ってない」

「何を言ってないの？」

イリスが尋ねると、気まずそうな顔をする。

「伝わってないんだね」

「そうね。覚えがないわ」

「イリスは私みたいに鈍感じゃないから、きっと足りないんだね」

「何が足りないの？　言葉にしたらいいじゃない」

「したくない。口だけで調子いいことを言ってるって思われたくない。信じてもらえないなら言う意味がないから、言葉以外で伝わる状態にならないと、多分、ダメなんだ」

この会話はどこかでしたことがある。

イリスは自分がノアに、「ペラペラと調子のいいことを言うのをやめるように」と暴言を吐いた時のことを思い出した。

（私、なんてひどいことを言ったのかしら）

直前に言われたのは、君より大事なものはないという言葉。その言葉を信じられなくて、ノアを拒絶したのだ。

信じられなくても、少なくともイリスを大切にしようという意思を伝えてくれた人に暴言を吐くべきではなかった。今さら反省して、罪悪感を抱えながらノアを見つめ返す。彼の表情がふと緩《ゆる》んだ。

「そんな顔しないで。悪い言葉じゃないよ。ん？　どうなんだろう、イリスの気持ちによっては聞きたくない言葉でもあるのかな。とにかく悪意じゃない。イリスが気づいたけど聞きたくないと思うなら、その時は言わないよ」

全く見当違いなことを言って、イリスを安心させるように微笑《ほほえ》む。

きっと彼が伝えたいのは、イリスが大事ということだ。それを言葉にしようとしてくれている。

彼女を気遣い、一緒にいる時間を大切にしようとしてくれているのは、すでに伝わっていた。

穏やかで、押しつけがましくない親愛の気持ちだ。

(私は、それは、いらないわ)

自分が聞きたくないと言ったら、言わなくて済む程度のものなら欲しくない。抑えようとしても抑えきれなくて、意思を無視して口から出てしまうような、そういう感情を向けてほしい。

——例えば、振《ふ》り解《ほど》いても手を取って、無理やり腕の中に引き入れられるような。

イリスは自分が抱いた感情に眉を顰《ひそ》めた。原始的で幼稚な、デビュタント前の少女が抱くような願望を一瞬でも心に持った自分に嫌悪感すら抱く。

(ずっとわだかまりを抱えていたのは、悋気《りんき》ということ？　時と場所も考慮せずに感情を発露させた人を、羨《うらや》ましいなどと思っていたの？)

彼女はノアの顔を見た。不思議そうに首を傾《かし》げるのを捉《とら》えて、苛立《いらだ》ちが湧く。

（なんで私がノアにこんな気持ちを抱かないといけないのよ）

顔を見たくないと言いそうになって、理性で抑えた。

感情に任せて発言したら後悔するし、自分を嫌いになる。彼女が保ちたいのは、感情のままに気持ちを口にする幼い姿ではない。

「私、少し、疲れたの。……一人になりたいわ」

静かに告げると、ノアが心配そうな顔をした。

「大丈夫？　雨だと体調を崩しやすくなるよね。分かった。じゃあ別の部屋にいるから、何かあったら呼んで。お大事に」

彼が部屋を出ていくと、そのことに苛立《いらだ》ちを覚えたイリスは混乱し、首を横に振る。

（なんなの。私はどうしてほしいのよ。思っていることと言っていることを一致させなさい、イリス。なぜこんな理に適わないことをするの）

しばらく頭を抱えてソファに座っているところに、ノックが聞こえた。

「どうぞ。入っていいわ」

ノアが扉から顔を覗かせる。

「忘れ物をしたの？」

「ううん。宿のメイドに相談したら、雨の日の憂鬱《ゆううつ》にいいハーブティーがあるっていうからもらってきた。入っていい？」

「ええ」

彼はティーポットとカップを用意して、黄金色のお茶を注いだ。

カップとソーサーはイリスの分しかない。

一人でこの場に居続けることを想像して、心の中にもの寂しさが生まれる。その感情から意識を逸《そ》らそうとして、彼女は意地を張りすぎている自分に呆れた。

「ノア、やっぱり、一人になりたくない気がするの。ここにいてくれる？」

ノアが軽く目を見開いた。イリスは自分の頬が少し熱くなるのを感じて、誤魔化すようにカップに口をつける。

「もちろん」

ノアの声は明るい。

「貴方も飲む？」

「うーん、私はコーヒーをもらってこようかな。昼前なのに、雨だと少し眠くなる」

「眠いなら昼寝をしたらいいんじゃない？」

「え、昼から寝るなんて！　って言わないの？」

「……貴方と私しかいないのに、背筋を正して過ごす必要もないわ」

「眠くなったらイリスも一緒に昼寝しようよ。ごろごろしながら話そう」

「それはしないわ。そこまでの堕落は自分を許せないもの」

「堕落って！」

彼はイリスの言葉に声を出して笑った。

「じゃあ堕落するのは私だけだ。カップをもらってくるね」

目を細めて笑い、イリスの膝の上にある手に視線を向ける。そこに自分の手を重ねて、「待ってて」と言った。

触れたのは一瞬で、手はすぐに離れる。そのかすかな体温が消える感覚と、ノアの姿が扉の向こうにいなくなるのを、寂しいと感じた。

短い間だ。すぐ戻ってくると分かっている。

「馬鹿みたい。手に負えないわ」

イリスは一人になった部屋で、小さな声で呟《つぶや》いた。

◆　◆　◆

揺れる馬車の中で、イリスの頭が舟を漕《こ》ぐ。瞼《まぶた》が重く、閉じそうになって、すぐはっと開き、紫がかった青い瞳が現れた。

ノアは彼女がうたた寝しそうになっているところを初めて見た。

「イリス、寒いから隣に座っていい？」

ノアは彼女の隣を指差した。

雨が続き日が出ていないせいで、今日は朝から冷える。昼を過ぎても空は暗く霧《きり》がかかっていて陰鬱《いんうつ》な雰囲気だ。

イリスが眉を顰《ひそ》めた。了承しかねているようだが、すぐに断らないというのは了承されたに近い。

「寒くないならケープを貸してくれない？」

「寒いわ。貴方、つい数日前に自分は寒さに強いと主張してなかった？」

「寒さに強くても寒い時は寒いんだ。隣に座ったほうが暖かいと思わない？」

直接的に言うと、彼女は渋々といった様子で横にずれた。ノアは馬車の動きに合わせて立ち上がる。

「……っと」

急に馬車が揺れた。彼は軽くふらついて背もたれに手をつく。

「ごめん」

「やっぱり走行中に立つのは危険だわ」

「そうだね、危険だね」

しみじみと言われた言葉に、つい笑ってしまう。隣に座ると身体が触れて温かいが、ノアの目的は別にあった。雨粒のついた窓に目を向ける。

「ねぇ、昔、窓の雨粒を使って勝負しなかった？」

「勝負？」

イリスのほうに身を乗り出して、窓ガラスに触れた。外の雨粒を指さすように窓に人差し指をつける。イリスはノアの指先をじっと観察していた。

「選んだ雨粒が先に下についたほうが勝ち」

「知らないわ。窓は汚いから触らないように言われていたもの」

「確かに。でも指を浮かせれば大丈夫だよ」

「勝負してどうするのよ？」

「私が勝ったら聞いてもらいたい愚痴があるんだ。イリスが勝ったら余計なお喋《しゃべ》りはやめて、目を瞑《つむ》って静かにしてると約束するよ」

「急に何？　勝負なしで一人で喋《しゃべ》っていて構わないわよ。真面目に聞くかは保証しないわ」

「相槌《あいづち》が欲しいから勝負してよ！　私が勝ったらうんうん、って頷《うなず》きながら聞いて。どれにする？」

「なんで私が……」

イリスは不服そうだ。しかし他にやることもない今、ノアの唐突な提案に乗ることにしたらしく、窓に目を向けて右側を差した。

「君はそれね。えーと、じゃあ私はこれ」

ノアは左側を指差す。その瞬間に、指差した雨粒が別の雨粒にくっついて、下まで流れていく。

イリスが息を呑む。彼女は窓枠の下についた雨粒を納得のいかない顔で見た。

「ちょっと待って、貴方のほうがルールに詳しいのだから一回勝負は卑怯だわ」

「え？　卑怯じゃないよ。適当に選んだの見てただろ？　目を瞑《つむ》ってもいいけどもう一回やる？」

「……いいわ。それで？　なんの話なの。真面目に聞いてあげる」

「やった」

ノアは彼女の肩を軽く抱き寄せた。

「何よ!?」

「寒いから。これは勝負の結果だからね？　うんうんって相槌《あいづち》打ってほしい」

「分かったわよ」

「これは三年前の話なんだけど、その日私は今日と同じように馬車でローズヴェールに……」

「三年前の話をまだ引きずってるの？」

「しょうがないだろ。誰にも言えなかったから。もう、イリス、口を挟んじゃダメだよ。私が勝ったんだからイリスがしていいのは頷《うなず》くことだけだ。忘れたの？」

彼女は思い切り顔を顰《しか》めたが、黙って頷《うなず》く。

「その日も雨が降っていた。最初は晴れていたから気分よく出かけたのに途中で雲行きが怪しくなって次第に暗くなっていった。それから突然、ポツポツと小雨《こさめ》が降り始めた。どんどん強くなって途中で泊まれる場所もなくて……」

ノアはしばらく話を続ける。あたりがまるで夜のように暗くなってきたというところで、イリスが体重を掛けてきた。頭がかくんと落ちて、そのまま頭の重みと体温がノアに伝わる。

「……イリス？　寝ちゃった？」

彼女は普段から静かだが、眠っている時も同じだ。命が終わったように寝息さえ聞こえない。

ノアは念のため彼女の口元に手を当ててちゃんと呼吸していることを確認し、ほっと肩の力を抜いた。

急に亡くなるわけがない。自分の行動を馬鹿らしいと思ったが、誰も一緒に笑ってくれない。

まあイリスが目を覚ましていたとしても、彼の行動に呆れはしても笑ってはくれないだろう。しかしその後、仕方ない、と表情を緩《ゆる》めるかもしれない、とは思う。

彼女はプライドが高くて、負けず嫌いで、完璧主義。ノアがそれを利用して話を持ち掛けると、その意図を読んだように合わせて行動してくれる。本当に彼の目論見《もくろみ》に引っかかっているのか、仕方ないなと思って付き合ってくれているのかはノアには分からない。

「寒……」

ノアは眠る彼女の肩を抱き寄せた。触れたところが温かい。反対側の手で、いつもより白い彼女の手に触れると、驚くほど冷たかった。

（冷たい。体調悪いのかな）

イリスは長距離移動と天気のせいで疲れていると言っていた。けれどノアも一緒に早めに就寝していて、彼女はいつものとおり寝相もよく静かで、すぐに眠ったものだと思っていたのだ。

それなのに今日のイリスの顔色は蒼白で表情も暗い。思い悩んでいるようにも見えたが、朝食の時は目が合うとすぐ逸《そ》らされ、会話ができなかった。

（何かあっても、私には話したいとは思わないだろうな）

彼女はノアに「まだはっきり信頼するとは言えない」と言った。とりつく島のない拒絶ではなく、この先を感じさせる言葉だ。

そっと手を離すと、その手がぴくりと反応した。何か探すように指が動くので、もう一度、手のひらを重ね合わせるように滑り込ませる。

イリスはノアの手を握った。よく手入れされて柔らかな、冷たい指の感触。ノアは落ち着かない気持ちになったが、振《ふ》り解《ほど》くわけにもいかずにされるがままだ。

彼女が歩み寄ってくれたと感じる時、くすぐったい気持ちが生まれる。その些細《ささい》な距離の変化への喜びをノアは好意だと思っていた。彼女への特別な想いが自分の中にあるはずだと。

しかしそう断定していいのか曖昧《あいまい》なまま、気持ちが浮いているような状態だ。

好きだとか、大切だと思った時にそのまま口にしても、口先だけの表面的なものだと言われてしまう。まだ気持ちが育ってないのに、調子よく反射で言っているだけなのだ、と。

以前ならそんなことはないとすぐ反論できたけれど、今の彼にはそれができない。

好意も謝罪も思った時に口にして、言葉にすればするほどその信頼度合いが下がるのだとしたら、できることは言葉以外の何かでイリスと向き合うことだ。

それがなかなか難しい。思ったことは割とすぐノアの口からこぼれ出そうになる。

「イリス、この体勢、結構辛いんだけど……」

小さな声で呼び掛けてもイリスは目を覚まさない。

「まぁ、いいか」

少し身体を横に向け、背もたれに寄りかかるようにすると多少辛《つら》さが緩和された。

「おやすみ、イリス」

◇　◇　◇

（重たい……）

重たくて、苦しい。首にかかる負担と息苦しさで、イリスはゆっくり目を開けた。

馬車が揺れた瞬間に、頭に何かがぶつかった。

「っ……！」

頭を押さえようとしたが、手が動かない。手を握られ、抱きしめられていると気づく。

この体温を知っている。それから自分がどこにいるのか、直前に何をしていたのかも思い出して、彼女は反射的に押し退《お の》けようとしていた腕の力を緩《ゆる》めた。

「ノア」

夫の名前を呼ぶが、返事はない。静かに、深く呼吸する音が聞こえて彼が眠っているのだと分かる。

肩を抱き寄せられ手を握られている状態だと、眠る前に感じていた肌寒さが随分と和《やわ》らぐ。その温かさにつられるように自分が眠ってしまったのだと分かった。

昨日は自分の中に降って湧いたような認めたくない幼い気持ちに振り回されて上手く寝つけなかった。明け方に意識を失うように眠ったせいで寝不足だ。

彼女を眠らせようとするノアの気遣いに気づいて、ありがたいと思う半分、眠らずに起きているのが矜持《きょうじ》を保つことでもあるので、放っておいてほしい気もした。

それでも、不本意だが、睡眠不足でぼんやりしていた頭が今はすっきりしている。

実家にいた時には意識することもなかったのに、時々、自分が随分と意地っ張りで幼いと感じる。それを自覚すると恥ずかしくなってどうにか直そうとしているのだが、正しい振る舞いを思い出せない。

過去にはちゃんとできていたはずなのだ。

寛容で、冷静で、落ち着いていて、思慮深くて、王太子妃候補としてこれ以上ない存在だと、認められて、評価されていた――

そこでふと思考を止める。

(私は馬鹿なのかしら。もう王太子妃候補でもなんでもないわよ)

昔座っていたイスを惜しむ思いに、イリスは苦い気持ちになってため息をついた。

現実に意識が戻ってくると、自分がノアの手をしっかり握っているのに気づき、ぱっと指を離す。ノアを起こさないようにゆっくりとその腕を外し、彼の身体を自分と反対側に倒そうとした。馬車が揺れて、ノアの頭が窓にぶつかる。

彼が眉を寄せ、目がゆっくり開いた。

「ごめんなさい！　大丈夫？」

「ん……、大丈夫。熟睡してた。馬車で寝ると首が痛いな」

口元に手を添えて一度あくびをし、首を動かす。そして弾かれたように顔を上げた。

「そうだ！　イリス、話の途中で寝るなんてひどいよ。代わりに今から三つの話をするからどれが一番面白いか教えて」

「なんですって？」

突然の話題展開に、イリスは目を見開く。気遣いに対する礼も言えないまま会話が進む。

「王都でローンズ侯爵夫妻とお会いするって言ったよね？　最初の雑談に使うんだ。私としては三番目が本命なんだけど、騎士団で大受けしたから、女性に軽蔑される可能性が高い」

「その統計は多分合ってるわ。聞かなくても分かるわよ」

「やっぱり？　どうしようかな。あとの二つはインパクトに欠けるというか……」

「貴方、何しに行くのよ？　商談でしょ？」

「うん、でも雑談が盛り上がったほうがいろいろ教えてもらえるから。それにせっかく時間をもらうなら、楽しく過ごすほうがいいだろ？　イリスはお二人に会ったことはある？」

「ご挨拶《あいさつ》はしたことがあるけれど、親しくはないわ。ローンズ侯爵夫妻とお話しするなら、話題は奥様のご興味に合わせることね。最後に決定権を持っているのは夫人のほうよ。最近侯爵家はマロナからわざわざ建築家を呼んで、庭に新しい噴水を建設したはず。夫人はマロナの小説家のマリア・ベラスコーニが好きなの。彼女の小説に出てくる庭を想像できるような造形にしているから、到着したらすぐにそれを話題に……」

ノアがぽかんとしてイリスを見つめていた。

「何よ？」

「それで親しくないの？」

「親しくなくても、これくらいのことならサロンで話題に上るわ」

「それをイリスはずーっと覚えているの？」

「当たり前でしょう」

彼は少し考え込むような顔をする。

「イリスも同席してよ。一緒に挨拶《あいさつ》に行こう。きっとイリスに会えたらすごく喜ぶよ」

「喜びはしないと思うけれど……」

「じゃあ私を助けると思って一緒に来て」

「仕方ないわね」

「やった。よろしくね！　イリスはその小説を読んだことあるの？　どんな話？」

「一般的な恋愛小説よ。男女が出会ってお互いに惹《ひ》かれ合《あ》い、障害を乗り越えて一緒になる話。舞台に華やかさはないけれど、人物の心理描写が巧《たく》みなことで有名だわ」

「へぇ、印象に残ってる話はある？」

「そうね……」

イリスは過去に読んだ話について考える。当時の彼女は相手の気持ちを思って不安定になり時には涙を流す登場人物に全く共感できなかった。サロンでの話題のために読んでいただけだ。

心の底から誰かに愛されて、自分も愛し、特別に扱われることに対する憧れは、もっとずっと幼い頃には抱いていた気がする。しかし、いつの間にかくだらないと考えるようになっていた。

（そう思わないと、嫌だと言ってしまいそうだったからだわ）

王太子妃になるのが嫌だと、口に出してしまいそうだった。

もっと幼い頃は、「王子様のお嫁さんになる」という未来はイリスを誇らしい気持ちにさせたが、さほど時間が経たないうちに、ジョシュアとの関係はそういうものではないのだと理解する。そして、イリス自身を愛してくれる誰かに心を預けて一緒になりたいという気持ちは、口にしてはいけない望みだと悟った。

ないものとして無視した、気づく前に消えた小さな夢。それを思い出し、胸に鈍い痛みを感じる。

（殿下は婚約者として私を大切にしてくださっていたのに、私って本当に無礼ね）

イリスは回答を待っているノアに目を向けた。彼もイリスに親切にしてくれるが、彼女はその態度に満足していない。

不満ばかりを抱く自分の心に呆れた。相手から愛されることばかりを求め、幼い子供のようにそれがないことに癇癪《かんしゃく》を起こしている。

「具体的にどの話が好きというのはないけれど、どれも納得できる話だったわ。恋をして、自分じゃどうしようもない感情に振り回されて、それでもその想いを捨てられなくて。彼女たちが自分が心から選んだ男性と結ばれてよかったと……」

恋をする相手は心が選ぶのだと思っていた。でも実際、〝選ぶ〟というほどの自主性は許されていない。制御もできないものだ。気づいたらその状態になっている。

感情を乱されることなく凪《な》いだ気持ちでいたいのに、それは許されない。

ノアに優しくされたことを素直に喜んで心を預け、愛を伝えられたらいいのに、それができない。怖いと思う。

アンナのことがあるからだと思おうとして、それ以前に心を開くのが怖かったのだと気がついた。

イリスには、特別になるはずだと思っていた相手に離れることを惜しんでもらえなかった経験がある。

物心がつく前に結ばれた婚約者に、別れを惜しむ言葉を求めるのは馬鹿らしい。しかしそのせいでイリスは、ずっと重たい何かを胸に残していた。棘《とげ》というには鈍すぎる、時々思い出しては重たさを伝える痛み。

（私、傷ついていたんだわ……）

一言、残念だ、だけでもいい。しかし現実に告げられたのは、婚約を取り消すという事実だけ。

王太子妃候補として完璧に振る舞ってきた自分に価値がないなら、それ以下のただのイリスにどんな価値があるのだろう。

ただのイリスと政略結婚で結ばれただけのノアが、どんな特別な感情を抱けるというのだろうか。

小説の主人公たちも様々な恐怖を抱えていた。大小は違っても、彼女たちはこの恐怖を乗り越えて自分の心と向き合い、成就させたのだ。それは途方もなく勇気のいることだったと思う。

（私は人に求めてばかりで、自分から告げようとしたこともないわ）

イリスは自分の気持ちと向き合う勇気を持てない。愛してほしいと縋《すが》ることができない。

そんなこともできない自分には、心からの愛など手に入れられるはずがないのだ。

彼女が願えるのは、この気持ちが自分で気づかない程度まで薄まって、消えていくこと。

伸ばした手を誰も取ってくれなかった時の虚《むな》しさを想像すると、手を伸ばす勇気は出ない。

「私には、できないもの」

イリスは独り言のように小さな声で呟《つぶや》いた。

◆　◆　◆

ノアはイリスとともに夕飯を食べた後、宿屋の一室で仕事をした。そして着替えて客室に入る。

灯りのついた状態でイリスがベッドに横になっており、その手には刺繍枠が握られていた。

「えっ、危な！」

慌てて近づくと、針は先が刺さらないように刺繍糸の中に埋まっている。

ほっと肩を落とす。心の中でイリスが「危ない状態で置いておくわけないでしょう」と呆れている。

「だって寝てるからさ……」

ノアは想像の中のイリスに返事をすると、その手からそっと刺繍枠を外して、ベッドの横の棚に置く。彼女に寝具をかけ、ベッドに腰掛けて眠っているその横顔を見つめる。

——私には、できないもの。

寂しい顔で呟《つぶや》いたイリスの顔を思い出して、ノアは胸に鈍い痛みが走るのを感じた。

小説のように自分が心から選んだ男性と結ばれたいのに、彼女にはそれができない。

彼女自身がこの場所とノアを選んだわけではない。その上、彼はその信頼を裏切ることをした。

「その相手って、私じゃダメかな」

ノアは小さな声で呟《つぶや》く。イリスからの返事はない。

「って言う資格もないね。まず人として信頼されるところからだ」

ノアは短く息を吐き、イリスの横に寝転がった。

イリスが起きていると顔をまじまじと見つめられないので、この機会にじっと見る。

作り物のように整っていて、目を瞑《つむ》っていると温度がないみたいだ。

しかしそんなことはない。彼女には血が通っていて、多分、目を開いたら、ノアを見て眉を顰《ひそ》め、「何か用?」と警戒した顔をするはずだ。

それを想像して、ノアは笑いそうになる。

見ていることに意味はない。目が惹《ひ》かれて、見ていたいと思うから見ているだけだ。

しばらく黙ってイリスを見つめていたが、そのうち自分も眠気を感じたので、灯りを消すために起き上がろうとすると、イリスが身じろぎした。その手がノアの手に触れる。冷たい手がノアの手を握った。

「手、冷たいな。寒いの?　待ってて、もう一枚かけるものをもらってくるね」

ノアは小さな声で囁《ささや》いてイリスの手をそっと離すと、灯りを落としてからベッドを出た。

◇　◇　◇

「イリス、こっち」

秋の冷たい風が石畳の道を通り抜ける。イリスは夫のノアに手を引かれ、街並みや行き交う人々に視線を投げた。彼女も公園や庭園を歩くことがあるし、慈善活動のために街に出ることもある。だが、移動は馬車が多く、市井《しせい》の人々が生活する中を自分の足で散策することには馴染《なじ》みがない。

朝食を食べた後、ノアは街中を散歩しようと言った。行きたい場所があるから付き合ってほしいのだと。

彼は地図も見ずに歩いていく。そうして連れていかれたのは街の一角に佇《たたず》む書店だった。

「書店……？」

イリスが呟《つぶや》くと、ノアが頷《うなず》いて扉を押す。古びた看板と木製の窓枠が特徴的な建物で、店内は落ち着いた雰囲気だ。本棚が壁に沿って整然と並び、床には古びた絨毯《じゅうたん》が敷かれている。

「初めて来たわ」

「そうなの？」

「いつも使用人に任せてしまうもの」

イリスは社交の場で話題になっている本には一通り目を通すと決めている。家の使用人に書籍のタイトルを伝えて、定期的に購入してもらっていた。

ノアが店舗の奥へ足を進める。そして、人気作家の小説が並ぶ棚の前で止まった。

「マリア・ベラスコーニを一冊くらい読んでから臨《のぞ》もうかと思って。どれがいいと思う？」

「そうね……」

イリスは本のタイトルを眺める。どれも、ノアが読んで楽しんでいる姿を想像できない。

「男性が読んでおもしろいのかしら」

「おもしろくなかったらローンズ侯爵の愚痴に相槌《あいづち》を打つのに使うよ。夫人が庭を改造するほど好きなら飽きるまで話を聞かされているはずだ」

「愚痴の内容なら決まってるわよ。『もうその話はいい。いつものように田舎の庭園で恋愛のドラマが繰り広げられているんだろ？　主人公のドレスの作りまで覚えたよ』」

イリスが過去に聞いた台詞《せりふ》を模倣して答えると、ノアは噴き出した。

「何それ」

「彼女の小説によく出てくるドレスがあるのよ。深い紺色のシルク生地でウエストラインが高く絞られてるの。あと『またカルロ卿の話を始めたな。その男の話は聞きたくないって言っただろ』よ」

「ねぇ待って。一体誰の真似をしてるの？　カルロ卿って誰？」

「チャリティーパーティーが退屈になって庭の隅で会話する男女よ。カルロ卿はベストセラーの『仮面の中の心』の登場人物で非常に人気が高いの。あの小説が戯曲化された年の夜会はみんな紺色のドレスにパールの首飾りをしていたわ」

「イリスも着たの？」

「いいえ。私が紺色のドレスを着たら、皆、気遣って同じ色を着られなくなるもの」

あの戯曲が流行《はや》った時、よくサロンで夜会で着るドレスについての質問を受けた。イリスが淡い菫色《すみれいろ》を選ぶつもりだと答えると、彼女たちはほっと表情を綻《ほころ》ばせていたものだ。

イリスは本棚から小説を三冊選び、ノアに渡す。

「一番有名な王道の一冊と、夫人が好きそうな短編よ。その二冊は短いからすぐに読めるはず」

「ありがとう。イリスも何か買っていく？　天気がいいから庭で読書してもいいかなって。空気が冷たくなる前の少しの間だけ。きっと気持ちいいよ」

イリスはその提案について考えた。棚に並ぶ膨大な選択肢から選ぶのは途方もないと思える。

「……分かったわ。本はそのうちの一冊を貸して」

ノアの手の中にある本を指差すと、彼はぱっと表情を明るくした。


——イザベラは小道の石畳を歩きながら、心に秘めた願いを思い巡らせていた。石畳には色つきの石が交ざっており、その石だけを踏んで歩くという幼い頃の遊びを、彼女は願い事を叶える儀式に変えていた。慎重に足を運び、色のついた石を見つけ、一つ一つ踏むごとに願いを心に刻む。彼女の願い——恋が成就することを心から願って、最後の一歩の手前でイザベラは目を瞑《つむ》った。

「イリス？　イリス」

イリスは名前を呼ばれて、はっと顔を上げた。目の前でノアが顔を覗き込んでいる。

彼女はノアとともに馬車で宿泊先の施設に戻り、庭で本を読んでいたのだった。まだ陽は落ちていないが、空の色は変わりはじめている。

「風が冷たくなってきたから戻らない？」

「ええ、そうね」

彼女は立ち上がった。まだ頭が半分小説の世界に残っている。一度読んだことがあるから結末まで知っているのに、ヒロインが石畳の上を歩く描写に、イリスの胸も高揚していた。

実際に想いを告げたわけでもないのに、小さな成功に自分の状況を重ねて密やかに喜ぶ様子を以前は冷ややかに受け止めた。しかし今日は彼女と一緒に喜んでいる。

「すごく集中してたね。これも結構面白かったよ。マロナという田舎街に行ってみたくなったな。ちょっとだけヴェルディアに似てて、親近感が湧いた」

本の内容について話しながら歩いていくと、石畳で整備された道に出た。

イリスはそのうちの色づいた石の上に足を乗せてみる。意味はないが、色のついたところだけを踏んで歩く。

（あっ）

少しだけ、普通に一歩踏み出すより遠かった。跳ねるというほどでもない距離に足を伸ばしたところで着地に失敗し、転びそうになる。

「イリス！」

ノアが彼女の腕を取った。ぐっと引き寄せられて、彼の胸に顔を預ける形になる。陽が落ちかけた時間帯の冷たい空気の中で、触れたところだけが温かい。

「大丈夫？　眩《まぶ》しくて前が見えないよね」

ノアは西日のことを言っているようだが、イリスは下を向いて石畳を見ていたのでそんなことには気づかなかった。心臓が早鐘を打っている。自分の顔が熱いことに気づいて顔が上げられない。

「イリス……？」

ノアが身体を離して顔を覗き込もうとするので、さっと目を逸《そ》らした。

「あ、足を挫《くじ》いたかもしれないわ。マリアンヌを呼んできて」

「え!? 大丈夫？ どれくらい痛い？」

「違和感があるだけよ。とにかくマリアンヌを呼んできてほしいの」

「マリアンヌじゃなくてお医者様を呼ぼうよ。痛くないなら抱き上げるね。すぐ戻ろう」

「待っ……きゃ！」

イリスの話を聞かずに、ノアが彼女を抱き上げる。これではしっかり目が合ってしまう。

焦ったが、西日でノアの顔は橙色《だいだいいろ》に照らされていた。イリスの頬が赤くても、気づかれないに違いない。

いずれにしろ彼はイリスの表情ではなく、痛くも痒《かゆ》くもない足の具合を心配している。そのことにほんの少しだけ罪悪感を覚えながら、イリスは落ちないようにノアの肩に手を回した。

◆ ◆ ◆

ノアが手配した医師は、彼女の足を見て特に問題はないだろうという診断を下した。

宿泊施設の一室で二人一緒に夕飯を食べ、部屋と部屋を移動する間、ノアは彼女の歩き方をよく観察した。そしてようやく「問題ない」という彼女の言葉を信じてもよさそうだと結論づける。

イリスは他人のことはよく見ているし詳しいのに、自分のことになると極端に鈍感になる。だから、彼女が自分自身の話をする時にはその言葉のままに受け止めてはならない。

彼女は数ある中から、挨拶《あいさつ》しただけだという夫人が好みそうな小説を選べるのに、自分にとって印象に残っている話は選べない。小説についての説明も、あくまで事実のみを伝えているようだ。

しかし、ガゼボで文字を追いかけるイリスの横顔は真剣だった。陽が落ちて冷たい風が吹いてきたことにも気づかないようで、ノアは声を掛けていいのか迷った。そのせいで、西日で目が眩《くら》む時間帯になり、結果として彼女は足を踏み外す。その点については反省している。

彼が寝支度を終えてベッドのある部屋に戻ると、イリスも夜着に着替えてそこにいた。彼女の手元には夕方には読みかけだった小説が、閉じた状態である。

「読み終わったの？」

「ええ」

「おもしろかった？　イリスは前にも読んだことがあるんだっけ」

頷《うなず》いたものの、まだ反応がぼんやりしているのは、きっと夢中になって文字の世界に浸《ひた》っていたからなのだろう。ノアはその様子に口元を緩《ゆる》めた。

こういう状態の時、彼なら誰かにその話をしたくて仕方ない。イリスはどうなのだろう。

「本って、読み返してみると受ける印象が変わったりしない？　自分が変わったということなんだろうけど、そういうのもおもしろいよね」

「……そうね」

ノアが雑談をしながらベッドに腰掛けると、イリスは気まずそうに本をサイドテーブルに置いた。

彼女は普段、呆れつつも彼の雑談に付き合ってくれるのだが、今日はあまり話したくないようだ。

(私の前で転んだから気まずいのかな)

ノアは少し前に自分が川に落ちた時のことを思い返す。イリスのせいというわけでもないのに、彼女はひどく動揺していた。

なぜ自分はイリスを完璧で隙がない女性だと想像していたのか。実際の彼女は失敗とも言えないちょっとしたミスで心を揺らし、初めてまともに会話をした日だって隙だらけだった。

だからといって表向きの姿が仮初《かりそめ》だとも思わない。完璧であろうとして努力して、背筋を伸ばしている姿を尊敬していた。自分も努力しようと思うし、背中を押される。眩《まぶ》しい姿をもっと見ていたいと思う。

同時に、それが崩れる瞬間も見せてほしい。それを見ることを許されたい。慌てたり、怒ったり、それ以外にも、彼女が自覚もしていないような感情が出る瞬間を——

今日はもうイリスは十分素顔を見せてくれたので、これ以上は彼女が望まないはずである。

ノアは彼女が転んだ件はさらっと流すことにした。

「お医者様に問題ないって言ってもらえてよかったね。明日は移動だけで足には負担がかからないと思うよ。もし気になったら教えて」

「ええ、ありがとう」

「次の宿にはここより広い庭があるらしいよ！　また天気がよかったら外で本を読んでもいいよね。私も次はその長編を読んでみようかな」

イリスは他人の都合を考えすぎる。ノアが小説を未読なためにその中身について話せないのだとしたら、同じ本を読み終えたら自身の感想を聞かせてくれるのではないか。

彼がベッドサイドに置かれた本に目を向けると、イリスの肩がびくっと跳ねた。

「どうしたの？」

「なんでもないわ。……長いから私が概要を話すわ。そのほうが効率的でしょう」

「恋愛小説の概要をまとめたら、全部男女が出会って気持ちを確かめ合うだけになってしまうよ。イリスは分かってないな。旅っていうのは、無計画に無駄なことをして過ごすためにあるんだ」

「私にとっての旅行は目的を持って計画的に日程を消化するものよ」

「じゃあ次の旅行はそうしよう。今回はもう途中まで来たから私のやり方だ」

彼女は複雑そうな顔をしたが、いつもどおり微笑《ほほえ》んで頷《うなず》く。ノアに向けるのは久しぶりの、感情の読めない美しい微笑《ほほえ》みだ。

「そうね。無駄なことをして過ごすのに付き合うわ。どうせなら、一日予定を全く決めずに過ごしてもいいわね」

「いいね！　そうしようか」

ノアが喜ぶと、イリスは肩の力を抜いたように見えた。話題が小説から逸《そ》れたことに安心しているような態度だ。ノアはその様子を窺《うかが》い、自分の勘が当たっているか確認する。

「じゃあ、明日以降どうなるか分からないし、本は今日読んでしまおうかな」

「えっ⁉」

大袈裟《おおげさ》に反応したことに、イリス本人も気づいたらしい。気まずそうな顔をした。

それについて深掘りしてもいいのか、気にしないふりをして全く別の話題にしたほうがいいのか迷って、本人に任せてみる。ノアは無言のままじっとイリスを見つめた。

彼女はベッドサイドの本を手に取り、それをノアに押しつける。

「寝不足でまた馬車で頭を打たないように気をつけることね」

やけくそになった捨《す》て台詞《ぜりふ》のような言い方に、彼は思わず噴き出した。

「じゃあやめておこう。意外と痛いんだ」

なんだかよく分からないが、彼女はノアにこの小説を読んでほしくないらしい。受け取った小説をサイドテーブルに戻してベッドに横になる。イリスは拍子抜けしたような顔だ。

「イリス、もう！　今日は全部顔に出してるのは君のほうだよ。気になってしょうがない。なんで私がこの本を読むと都合が悪いの？」

「べ……別に悪くないわよ！　渡したじゃない。どうぞ、読みなさいよ」

即座に言い返したが、説得力がないことは本人も分かっているはずだ。続きの発言を待っていると、彼女は苦い顔をしてから口を開いた。

「……主人公が、石畳の上を歩くのよ。色のついたところだけ踏むの」

それがなぜ、ノアが小説を読んではならない理由になるのか、全く見当がつかない。今日の彼女の行動と今の発言を結びつけようと一生懸命頭を働かせる。

石畳なんてどこにでもある。街中は全て石畳で舗装されていた。

「あ！　分かった！」

道は特別ではなかったが、彼女の行動がいつもと違った瞬間がある。まっすぐ前を見て歩くことの多い彼女が、庭から建物に戻る時はずっと下を向いていた。

つまり彼女は、小説の影響で主人公の真似をして歩いていて、転びそうになったのだ。

（それだけ？　そんなの、可愛いとしか思わないのに）

多分そう思われるのが嫌なんだろうなと想像して、彼はイリスの強情さに表情を緩《ゆる》める。緊張した面持《おもも》ちの彼女の腕を引いて一緒にベッドに倒れて抱きしめた。

「きゃっ、何!?」

一度腕に力を込めてから、彼女と目が合う程度に距離を空ける。

「なんとなく。ねぇ、王都から戻ったらネイビーのドレスを作ろうよ。ウエストラインが高くて、裾が広がっているやつ。パールのネックレスも一緒に」

「今の流行《はや》りじゃないわ」

「じゃあ私にだけ見せて。きっとどの小説の主人公より似合うよ」

イリスはその言葉に喜んでいるようには見えない。また口先だけで調子のいいことを言っていると思われているのかもしれないが、ノアはそんなことはどうでもいいなと思った。

（だって本当に、そう思ったから言ってるだけだ）

ノアが読んだ小説の登場人物たちにとって、気持ちはいつも揺れ動くものだ。言葉にできる分かりやすい感情だけを抱くわけではない。同じ人に対して愛情と憎しみを抱くこともあれば、それが変わることもある。時間とともに変化するのだ。

ノアがイリスを結婚当初は近寄りがたいと感じ、夫の義務として愛そうとしていたのがたとえ事実だったとしても、一緒に過ごす間にそれは変化した。

彼の中にある、イリスのことを知りたいという気持ちや、抱きしめたいと思う衝動は全部、そうしようと思って出てきたものではない。

言葉にしなくても気づいてもらえるくらい強くて揺るがないものでなければ、伝えるべきではないと思っていた。しかし揺らぐものでも育っている途中のものでも、間違いなくそこにあるのだ。

(環境が整って、準備万全で、自信が持てる状態なんて待ってたら、一生何もできない)

ノアはイリスの瞳を見つめた。

今日のこの言葉で伝わらなくてもいいから、心にあることを口に出しておきたい。

彼女が聞きたくないかもしれない、という心配は心に浮かんでこなかった。

彼の感情を刺激したくないのなら、一緒にいる時に恋愛小説の主人公への憧れを示すように石畳の上を歩くべきではない。

彼女が隠そうとするその無邪気で無防備な心に触れたら、言葉を抑えておくのは難しい。

ノアはイリスの手に触れる。彼女はその手を振《ふ》り解《ほど》かない。そのことに嬉しくなって、少し体温が上がるのを感じた。

戸惑いを滲《にじ》ませるイリスの表情に、はっきりと愛しいと思う気持ちを感じて、それが伝わるようにと祈りを込めて言葉にした。

「好きだよ、イリス」

◇◇◇

朝食の席で、イリスはカトラリーに伸ばした手を止めて顔を上げた。

目の前にノアが座っており、一緒に朝食をとっている。彼も同じタイミングで顔を上げた。イリスと目が合うと表情を緩《ゆる》める。

イリスは心臓が軽く跳ねたことを自覚しつつ、それが顔に出ないように動揺を抑えて微笑《ほほえ》んだ。自分は読んだばかりの小説に影響を受けすぎている。

石畳を踏んで歩いた日のその夜に、ノアは彼女に「好きだ」と言った。彼の口から愛の言葉を聞くのは初めてではない。それなのに、イリスはそれをまるで初めて聞くかのように特別に感じ、彼はきっと自分のことが心から好きなのだと思いたくなった。

あの石畳の願掛けに本当にそんな力があるとは信じていない。しかし一瞬頭によぎる程度には、影響を受けていた。

素直に気持ちを認め、それが成就した時の喜びを、文字として追った経験がある。それは小説の中でだけ。イリス自身はそれを知らない。知りたいと思う傍《かたわ》らで冷静な自分が、後で傷つくのだから馬鹿馬鹿しい期待をやめるようにと警鐘を鳴らす。

彼女はノアの言葉にこれまでのように微笑《ほほえ》んで「私もよ」と返すことができなかった。

妻の務めとしての言葉に気持ちが乗ると、とたんに音にするのに勇気が必要になる。

ノアは彼女から同じ言葉が返ってこないことは気にしておらず、話を終わらせてしまった。

そして今、食事を終えてカトラリーを皿に揃え、ティーカップに口をつける。

「美味しかった！　今日は本当に予定を立ててないんだけど、何をする？」

「貴方が決めて」

「いいの？　じゃあ、西から近い順に回って、面白いものが目に入ったらそこで止まるってことにしよう。あ、そうだ」

ノアが近くにいる使用人に声を掛けて、紙とペンを用意させる。

「何をするの？」

「賭けをしよう。今日一日で何ヶ所回れるか予想して、近いほうが勝ち。勝ったほうが簡単なお願いを聞いてもらえる。イカサマできないように私の答えはイリスが持っていて」

ノアはイリスから見えないように数字を書いて紙をちぎり、それを折って彼女に渡した。イリスは呆れた視線を向ける。

「貴方、なんでも賭け事にするわね」

「騎士団で遊んでもらって育つとこうなるんだ」

彼女が紙を手に取ると、ノアがペンを差し出す。それも受け取った。何を基準にすればいいのか迷い、適当な数字を選ぶことにして、目の前の皿の枚数を書く。

紙を折ってノアに渡すと、彼はそれをジャケットのポケットに入れる。それだけで楽しそうに笑った。

（まだ何もしていないのに、何が楽しいのかしら）

その態度に呆れつつも、その表情を見ていると何か起きそうな気がしてくる。

何も起きなかったとしても一緒に過ごすことそのものに心が高揚するのを感じて、イリスは浮かれた思考を打ち消すために首を横に振った。


夕方。二人は宿泊施設の邸宅に戻り、食事の後で客室のテーブルの上に紙を広げた。

「全然ダメだった。植物園が広すぎるんだよ！」

お互い数字を記入して、交換して持っている。ノアが書いた数字は十、イリスは三。二人が今日回ったのは植物園、橋のそばにある塔、美術館の三ヶ所だ。

「塔が遠かったほうが問題じゃないのかしら。あんな場所を指さして行こうと言わなければいいのに」

「だって気になったんだよ」

植物園に到着する前に、尖った屋根の高い塔が見え、ノアが次はあそこにしようと言ったのだった。

「埃《ほこり》っぽくて狭くて長い階段を登った後に見る普通の石は感動的だったな」

いわくありげな塔の上にはなんの変哲もない石が積み上がっていて、ノアは塔の階段を下りているうちから耐えきれない様子で笑っていた。

「そうね。下に全く同じ石が転がっていたから、お土産に持ってくればよかったわ」

イリスの皮肉に対してもまた笑う。

「確かに！　特別な名前をつけたら売れるかもしれない。それにしても、公道がすごく几帳面に敷かれてて綺麗だったよね。上から見ると絵画みたいだった」

ノアは街で見た建物や植物や人々について、馬車の中でも「あれはなんだろう、知ってる？」と次々興味を持っていた。イリスが、義母やノア本人が言っていた〝余計なことに気を取られすぎる〟という言葉を思い出したほど。

「貴方は何をしていても楽しそうね」

その発言は意図した以上に皮肉っぽくなる。彼女だって今日が終わるのを惜しいと感じるようになっていたのに。

なんの予定も立てずず目的もない一日は、最初は落ち着かないものだったが、美術館で自分の気に入った絵だけをぼんやりと眺めて浸《ひた》る時間はあっという間だった。

ただ微笑《ほほえ》んで、素直に「一緒に過ごせて楽しかった、ありがとう」と言えばいいだけ。本当に楽しいと思っていなくても必ず口にしてきた言葉なのに、出てこない。

「うん。イリスがいたからだよ。一緒に過ごしてくれてありがとう」

イリスは目を見開いた。彼はイリスが言いたくても言えないことを、簡単に口にする。

ノアが軽く身を乗り出す。

「それで、なんにする？　イリスが勝ったから言うことを聞くよ」

「なんでもいいの？」

「えっ、何？　怖いな。いいけど、できる範囲でだよ！　君の常識を信頼しているからね」

イリスがじっと見つめると、彼は緊張した顔つきになる。それを見て笑いそうになった。

彼女には常識から外れたことを提案する度量もないし、思いつきもしない。

「古ティヌム語で詩を書く方法を教えて。今日見たことを書き留めておきたいわ」

ノアは意外そうにブラウンの瞳を瞬《まばた》きさせた。

「そんなことでいいの？　もう読めるのに？」

「読むのと書くのは別の能力よ。それに知っているでしょう？　やるなら私は完璧な出来じゃないと嫌なの。文法をきちんと理解しなきゃ一文も書けないわ」

——心に浮かんだことを言葉にして、残しておきたい。

ノアのようにそのまま口に出せるようになるには時間がかかりそうだが、イリスはまずはそこにある自分の気持ちと向き合うことに決めた。

「文法か……本を借りてこないと怪しいな。でもいいよ。今日目に留まったものを三つ教えて」

「三つもあるかしら」

「なかったら一つを三つに分ければいいんだよ。例えば……美術館で最後にじっと見ていた絵は？」

イリスの目に留まった絵は、沈む直前の赤い太陽とそれに照らされる水面と橋だ。目を逸《そ》らせない美しい作品だった。

美しい絵は他にも山のようにあったが、なぜあの絵だけに目を引かれたのか考えてみる。そうして一つ答えに辿り着いた。

過去に母と馬車の中から見た風景に似ているのだ。美しさに惹《ひ》かれて窓枠に手を伸ばしたら、汚いから触らないようにと注意され、カーテンを閉められてしまった。

あまり楽しい思い出ではない。聞いた人を気まずくさせるような理由だ。

イリスはノアの表情を見た。彼は彼女が話をするのを待っている。楽しい話ではなくても、頷《うなず》いて興味深そうに聞くのは知っていた。

「あの絵が、印象に残っているのは……」

――イリス。

話をしようとして、それを咎《とが》めるように名前を呼ぶ声を思い出す。

硬い声で母がイリスの名を呼ぶ時は、「こんなことを言わせないで」と続く。

幼い頃の苦い思い出に、心臓が重たくなる。窓に触ってはダメだし、自分の都合で言いたいことを話すのは会話とは呼ばない。

「もしかして昨日転んだことを思い出して反省会でもしていたの？」

「違うわよ！　たいした理由じゃないの」

「なら題材にぴったりだね。瑣末《さまつ》なことを世界一重要なように扱うのはすごく詩的だ」

「確かにそうかもしれないわね」

母に怒られた理由は取るに足らないことだ。でもイリスはそのことですごく傷ついた。母とその美しさを共有できなかったことも、自分が怒られるようなことをしたことも、世界で一番悲しい出来事のように、その時は思ったのだ。

「あの絵を見て、昔お母様と一緒に馬車に乗った日のことを思い出していたの」

イリスの目の前に夕暮れの赤い空が広がった気がした。あの日、ピシャリと閉じられたカーテンの向こうには眩《まぶ》しい西日が差していた。

けれど目が眩《くら》むほどの強い光は、今の彼女に幼い日の鈍い胸の痛みだけではなく、靴底で感じる石畳の硬い感触や、足を踏み出すごとに感じる胸の高揚も一緒に思い出させるようになっていた。

ノアとイリスはいくつかの街で馬車を止めつつ何事もなく王都に到着した。

王太子妃候補だった頃であれば、今日はナタリア王女の夜会の準備で一日拘束されていただろう。しかし、今のイリスには時間がある。ノアが知人に会うために出かけると、彼女はソファに座ってぼんやりと過ごした。

(何をしようかしら)

すぐそばにあった小さな手帳を取り出して、古い言葉で「何も頭に思い浮かばない」と書く。この手帳は詩の書き方を教えてほしいと伝えた翌日に、ノアがどこからか仕入れてきたものだ。

イリスは自分の書いた文字を指でなぞり、ふっと笑った。こんなものは詩でもなんでもない。

(書き留めることはなんでもいいんだものね)

――人に見せないんだから、単語でいいから頭に浮かんだことを残しておいたらいいんじゃないかな。何も書くことがない時？　そしたら「書くことないなぁ、なんかいいこと書きたいな」って書くんだよ。

書き方を教えてほしいと伝えておいて、一番の問題はイリスの中に書きたいことが言葉として浮かばないことだと気づく。

自分の気持ちに向き合うためには、まずそれに気づかなければならない。それを言語化するのはさらに難しい。何か心に浮かんだとしても、本当に自分がそう思っているのか、確証が持てないことも多かった。

その瞬間の興味や気持ちを書き留めるものだから、そのまま書いておけばいいんじゃないか、というのがノアの意見だ。「きっと恥ずかしくて見返せないから、それが適切な言葉だったか答え合わせなんかできないよ」と笑っていた。

このまま室内で何か書いてもいいし、読書や、刺繍をしてもいい。選択肢が次々に思いついたがどれもピンと来ない。イリスは窓の外に目を向けた。

よく晴れて、秋の高い空が広がっている。

ふと思いつき、マリアンヌに声を掛けた。

「マリアンヌ、少し一緒に散歩に出ない？」

「散歩ですか？　ええ。どちらへいらっしゃいますか？」

「目的地はないわ。王都を歩いてみたいの。貴女、行きたいところはある？」

「王都を、お嬢様ご自身の足で……？」

「ええ。今日はよく晴れていて冷えないし、今回を逃したらしばらく戻ってくる機会がないもの」

「かしこまりました。日傘をお持ちいたしますわ。王都なら、案内に自信がありますの。お嬢様に楽しんでいただけそうな場所にお連れします」

いつの日かのノアに対抗するような言葉に、イリスは笑った。

馬車で刺繍糸の専門店を二軒回った後、途中で下車する。人のいない小道を通り、石畳の階段を登って小高い丘に出た。

エメリアで山に登った時、ノアのことを気が利かないなどと言って罵倒《ばとう》していたのに、マリアンヌの行き先もそれなりに体力を使う場所だ。

「貴女……なかなかなところを、案内、するじゃない」

イリスは軽く息切れしていた。ノアと丘を登ってから、イリスは足腰の鍛錬を習慣としている。エメリアの街を見た時ほどひどい筋肉痛にはならなそうだが、それでもまだ体力不足だと感じた。

顔を上げると、目の前に青い屋根が広がっている。背の高い教会の塔が目立っていた。

「まぁ……！」

イリスの感嘆の声に、マリアンヌが誇らしげに応える。

「イルサリアのいい使い所がないとおっしゃっていたでしょう。この景色はいかがですか？」

「美しいわ。ありがとう。……私、いつでもここを見に来られたのね」

ウィントロープから王都までは馬車で半日もかからない。イリスもよく王都を訪問していた。

王太子妃になれば、自分の居場所はここになるはずだった。講義や書籍で、街の歴史もあの屋根瓦の色がなぜ青いのかも聞いていたのに、実際の街を自分の足で見に行こうとはしなかった。

(殿下の婚約者として役割を果たしていると思っていたなんて笑ってしまうわ。何も分かち合っていなかったのに)

イリスは、この目の前に広がる風景の中でジョシュアの目がどこに止まるのか想像ができない。王都のずっと先に、イリスの父の領地が見える。手前には川と森があり、一番高い教会の塔と、一部の建物がわずかに見えていた。

(離れる前に、もっとたくさんのものをちゃんと見ておけばよかった)

マリアンヌが広場を指さし、はしゃいだ声を上げる。

「お嬢様、ご覧になってください！　中央広場は降星祭の装飾でいっぱいですよ。ヴェルディア領でもリース作りを流行《はや》らせましょうよ。すでに懐かしいわ。イリスお嬢様のが一番ですよ」

女神の降臨を祝う降星祭は、花の咲かない冬の時期にリボンやレースを花に見立てて装飾品を作る。イリスも毎年手作りして、知人と交換していた。

「嘘、私のはたいして上手くなかったでしょう。でもそうね、今なら刺繍の腕は誰にも負けない気がするわ。お義母様に提案してみましょう」

イリスも広場に目を向ける。エメリアの街を見て思い出話をした日のことがよみがえった。

あの日は丘の上から見える建物の一つ一つを指差して、どこに行ったことがある、何をした、といった話をしたのだ。

イリスは自分の横を見て、隣にノアがいるところを想像する。今この場所に彼がいれば、彼がしてくれたように、今度はイリスの幼い頃の話ができる。楽しい話題ばかりではないけれど、ノアとなら、そう悲観的な雰囲気にはならないはずだ。手帳に文字を書き留めるだけでは、なかなか言葉が出てこないが、相槌《あいづち》や質問で話を引き出してもらえればもっと伝えられることがある。

「マリアンヌ、ウィニー卿のお屋敷はどのあたりか分かる？」

ノアが今日訪問する予定だと言っていた騎士団関係者。

イリスが顔を向けると、彼女は目と口を大きく開けていた。

「どうしたの？」

イリスは眉を顰《ひそ》めて、彼女の視線の先に目を向ける。

その視界に、王都の屋根と同じ鮮やかな青がひらめく。王族と、そこに準ずる貴人の護衛を務める騎士団の制服だ。イリスも世話になったことがある。

二人の護衛の中央に、紺色の外套を着た青年が立っていた。艶《つや》やかな黒髪に、静かな青い瞳の美丈夫。この国の王太子、ジョシュアがイリスを見て目を見開いた。

「殿下」

挨拶《あいさつ》が遅れたことにはっとして、イリスは慌てて頭を下げる。

今まで一度もこんな失態をしたことはない。これまであらかじめ決められた時間に決められた場所以外でジョシュアに会ったことがないため、そんな失態は犯しようがなかった。

「イリス、顔を上げてくれ」

ジョシュアの静かな声で、彼女はゆっくりと頭を上げた。反射的に、癖になっている笑顔になる。

「久しぶりだな」

「ええ、お久しぶりでございます。このような場所でお目見えすることになるとは驚きました」

「僕も驚いた。野外で君に会うとは思わなかった」

ジョシュアは雑談を膨らませるタイプではない。彼女の個人的な行動範囲を知っていたことに驚く。

「マリアンヌが、わたくしがイルサリアの糸を……青い刺繍糸です。それを使って刺すのにいいのではないかと、案内をしてくれたのです」

「イルサリア？　君が話していたヴェルディアの特産品か」

「覚えていてくださったのですね。恐縮ですわ」

「ああ」

二人の間に沈黙が落ちた。

この会話の続かない感じが、ジョシュアとともにいる時間だ。彼が寡黙《かもく》であるのは知っているので今さら気まずいとは思わない。ジョシュアが一人静かにこの景色を楽しもうというのならば、イリスは邪魔になる。自分から立ち去る挨拶《あいさつ》を口にしていいだろうかと彼の顔色を見た。

けれど言葉を発する前に、彼が口を開く。

「……君が趣味の話をするのは珍しいから、印象に残っている」

イリスがジョシュアと最後に顔を合わせ、婚約取り消しの話を聞いた日。あの日はジョシュアが申し訳なそうな顔をしていたので、彼女はわざと能天気に振る舞った。それが彼を不快にさせていたかもしれない。

「あの場でお話しすることではございませんでした。申し訳ありません」

「いや、気を遣わせたのは分かっている。あの時は、一方的な話をしたから……すまなかった」

イリスは口を軽く開けたまま、ジョシュアを見つめる。はっと現実に戻って首を横に振った。

「殿下が謝罪をされるようなことは何も……」

「これまでの感謝と君の誠意を裏切ったことへの謝罪を、僕の言葉で伝えるべきだったと思う」

そんなことをしても何も結果は変わらない。それでもジョシュアの言葉に、イリスは自分が動揺しているのを感じた。すぐに返答できなかったが、なんとか言葉を紡《つむ》ぐ。

「殿下、そのようなお言葉は過分です」

最後に顔を合わせた日と同じ言葉が出そうになって、口を閉じる。

あの日の言葉は嘘ではないけれど、イリスの気持ちを全て含んだものではない。

「裏切りなどとんでもないことです。わたくしは殿下の幸せを心から祈っております。今後も変わらず祈ることを許していただけるなら、それ以上望むことなどございません」

彼女はお手本のように美しく微笑《ほほえ》みかけた。

（皮肉じゃなくて、本当にそう思うわ）

二人の縁は、お互いの意思が一切入っていないものだ。婚約取消となった時にもそういうものだと思って受け入れるしかなかった。

その時に抱いた感情を無視していたために仄暗《ほのぐら》い卑屈なものが残って、鈍い痛みとなっていた。

しかし、こうしてジョシュアの顔を見て、イリスは心から彼の幸せを祈っている自分に気づく。

その事実が彼女の心を晴れやかにした。

「君は……僕に恨み言の一つもこぼさないな」

イリスはとんでもないことだと首を横に振ろうとして、思《おも》い留《とど》まる。

ジョシュアは無表情で落ち着いているが、その声は寂しげだ。

自分が傷ついたのだからジョシュアも同じかもしれないという可能性に辿り着く。普段のジョシュアの態度からは信じ難いことだが、今の言葉に込められた意味は、そういうことではないか。

イリスは自分がするべき振る舞いは逆だったのだろうか、と今さら考えた。

婚約解消を大袈裟《おおげさ》に取られないよう明るく振る舞うのではなく、ジョシュアと離れたくないと涙を浮かべて、それでも仕方ないのだと受け入れる健《けな》げな女性の姿を見せるべきだったのか――けれど、自分がそうしている姿を思い浮かべられない。そういった振る舞いは教育されていなかった。

イリスが王太子妃候補として教えられたのは、感情を表に出さず、常にジョシュアを立てて、美しく朗《ほが》らかな雰囲気で微笑《ほほえ》む姿だけだ。

胸に残っていた痛みがジョシュアへの愛情からくるものなのか、卑屈な気持ちに由来するものにすぎないのか、はっきりとは分からない。

しかし、彼をどうでもいいと思っていたのではなかった。

彼の幸せを願っていたし、将来唯一無二の存在になると信じてともに時間を過ごした人だ。

（殿下は私にとって特別で、大切な方だったわ）

控えめで、感情が分かりづらい王太子。彼の隣に相応《ふさわ》しくあることが、イリスの義務で望みだった。

それを言葉にできないだろうか、と考えて、イリスは心に浮かんだことをそのまま外に出してみる。

「もちろんです。殿下がご自身を責めて下を向いていらっしゃる時に、誰がそれ以上責める言葉を言えるでしょうか。許されるなら……わたくしがしたかったのは恨み言をお伝えすることではありません。隣に座って手を取り、殿下のせいではないとお伝えして慰《なぐさ》めて差し上げることです」

ジョシュアの瞳が丸く見開かれた。そんな顔は初めて目にする。

急にジョシュアが幼く見え、彼とイリスは年が変わらないのだと思い出した。

「殿下と過ごす時間は、私にとって毎月心待ちにしているものでした。お伝えしたい感謝の言葉はあっても、恨み言はございません」

イリスの微笑《ほほえ》みに対し、ジョシュアは微笑《ほほえ》みを返さない。じっと彼女を見つめていた。

「僕にとっても、君と過ごす時間は楽しみだった」

「恐縮です。これ以上ない光栄なお言葉ですわ」

彼は口を開いたが、そこから言葉が発せられることはない。

彼の目が街に向く。悲観的な色を含んでいることが多かったアイスブルーの瞳は、今はまっすぐ街を見つめるだけだ。

しばらくして彼は街並みから目を逸《そ》らして、イリスと目を合わせる。

「散策の邪魔をして悪かった。話ができてよかった。僕は失礼するよ」

「そんな、わたくしが戻りますわ。遠慮しているわけではありません。もう景色は楽しみましたから、ごゆっくりお過ごしくださいませ」

「僕の用は済んでいる。予言でここへ来るといいと言われたんだ」

「予言……？　もしかして、聖女様ですか？」

ジョシュアが頷《うなず》いた。

婚約破棄の原因となったのだから、イリスも聖女の存在は知っている。しかし人伝《ひとづて》に眉唾物の話を聞くばかりだったので、ジョシュアの口から名前が出たことに驚いた。

「そうなのですね。聖女様のお導きで」

「導き……そうだな、思いつきというべきか。聖女の力は様々なものが記録に残っているが、彼女は特に探し物が得意だそうだ。今すぐ外に出ろと言われて来たんだ」

ジョシュアの予定はイリスよりもさらに細かく刻まれていたはずだ。その予定を捨てて聖女の予言を優先するとは驚くべきことだ。しかも王太子のジョシュアを城から追い出すとは、信じがたい。

「こんな場所まで足を運んだ先にいたのがわたくしだなんて、大変心苦しいですわ」

「いいんだ。彼女の能力は本物だと思う。人格は少々問題があるが、信じることにした」

聖女の人格に問題があるというのも驚きだが、ジョシュアが人を悪く言うところなど初めて聞いた。イリスは自分の耳を疑う。その表情を見てジョシュアが言葉を続けた。

「彼女は嘘つきなんだ」

「殿下に、嘘を……？」

「ああ。それに、僕を怒らせて城から追い出させようとしむけてくる。そんな権限、僕にはないのに」

イリスは口が塞《ふさ》がらなくなったが、なんとか言葉を絞り出す。

「この国の常識では計り知れない価値観をお持ちなのですね。まさに伝承のとおりですわ」

「……伝承の聖女はよく書かれすぎていると思う。君といると怒る必要がなかったから、怒り方が分からなくて困っているんだ。信じられないくらい幼い罵《ののし》りが口を出そうになるのを抑えてる」

「怒りというのは、そういうものだと思います。わたくしも……」

同じ、と言おうとして、イリスは口をつぐんだ。彼女の怒りの経験は、王太子と共有するにはあまりにも個人的で恥ずかしい。

「君も怒ることがあるのか？」

イリスは自分の頬が熱くなるのを感じて、誤魔化すために深呼吸した。

「ええ。幼い罵《ののし》り言葉が出そうになって口をつぐむことも、言うべきではないことを口走って後悔することもございます。怒るにもきっと、練習が必要なのではないでしょうか」

「練習か。……そうか、そうだな。確かになんでも練習は必要だ」

ジョシュアがふっと笑った。イリスはその柔らかい表情にも驚く。そこで会話は途切れて、沈黙が落ちた。ジョシュアが先ほど登ってきた道に目を向ける。

「そろそろ行くよ。明日、ナタリアが、君に会えるのを楽しみにしている」

「光栄です。わたくしも心待ちにしておりますわ」

ジョシュアは立ち去ろうとして立ち止まり、振り返った。

「イリス、また明日」

「……！　はい、殿下。……また明日」

正しい返事が思い浮かばず、イリスの声は小さい。

ジョシュアは今度こそ背中を向けて、護衛の騎士と一緒に坂を下りていく。姿が完全に見えなくなると、イリスはどっと疲れを感じてため息をついた。

「はぁ、驚いた！　マリアンヌ、私、粗相をしなかったかしら。かしこまって話す相手など久しぶりだから倒れそうよ。ヴェルディアでは気を抜きすぎていたわ。明日の夜会は大丈夫かしら」

「完璧なお姿でしたよ。それにしても、殿下が挨拶《あいさつ》以外にもこんなにお話ができる方だとは存じ上げませんでした」

マリアンヌの言葉が失礼なのでイリスは絶句した。咎《とが》めようと思ったが、ここにはイリスたちの他に誰もいないので、見逃すことにする。

何も口にせず、ジョシュアが下りていった坂を眺めた。自分は彼を深く知らなかったし、これから知ることもない。

ここから見た景色のうち、ジョシュアの目には何が最初に留まるのか聞いてみたらよかったのだろうかと考え、もう自分がそれを尋ねるべき立場ではないことを思い出した。

そのことに胸が痛むだろうか。

痛くはない。

小さな後悔は残る。ジョシュアと過ごした日々をもっと別の形にできたかもしれないという後悔。

（……でも、私にできる精一杯はしていたと思うわ）

イリスは自分の時間のほとんど全てを、王太子妃になるため――ジョシュアのために使っていた。

自分が知っている一番の方法で、彼を大切にしてきたのだ。そしてそれは相手に伝わっていた。

そしてイリスは、青い騎士服の消えた坂道から晴れやかな気持ちで目を逸《そ》らした。


滞在先の屋敷に戻ったイリスは、走りたい気持ちを抑えて一番西の部屋に向かっていた。

到着してすぐ、メイドからノアが馬車の事故に遭《あ》ったと聞いたのだ。血の気が引いたが、気がかりなこともある。メイドたちはイリスほど慌てておらず、その奇妙な態度の真相を確かめようとしているところだ。

扉を開けると、白い粉まみれで中途半端に服を脱いだ状態のノアの姿が視界に入った。汚れたシャツの前を開け、左腕から脱ごうとしている。彼は脱ぐ途中で痛みに眉を顰《ひそ》めるようにして自身の腕に視線を向けた。視線の先の白いシャツには薄く血が滲《にじ》んでいる。

「ありがとう！　そこに置いて……えっ、イリス⁉」

イリスの姿を目に入れると、ノアはいたずらが見つかった子供のように身体をこわばらせた。顔を上げた彼の右頬には擦り傷と切り傷が混ざったような痕があった。

「おかえり、早かったね。言いたいことは分かる。けど少し待って。これには事情があるんだ」

「事情？」

「八百屋《やおや》の主人が小麦に潰されそうになったのを庇《かば》っただけなんだ。遊んでたわけじゃない」

イリスはその説明を呆れ顔で聞く。「遊んでいたに違いない」などと責めることは言っていない。

「荷馬車との事故に遭《あ》ったと聞いたわ」

「え？　私が事故に遭《あ》ったわけではないよ。人混みに突っ込みそうになって危なかったけど、誰も怪我していないし、大きな被害も出てないからすぐ片付いたみたいだ」

ノアに近づいて、その頬を指差す。

「この傷は？」

「これは、果物が入っていた箱にぶつかって……でも大丈夫。騎士団で使ってるすごく貴重な傷薬をもらってきたんだ。それを塗って、上から化粧をすると傷が目立たなくなるらしい。だから、その、君には迷惑をかけないと思うんだけど……」

ノアの声はそこで尻すぼみになった。叱《しか》られた犬のように沈んだ表情をしている。

「後先考えずに行動してごめん」

「貴方は何を心配しているのよ。私が怒ってその傷に塩を塗りつけるとでも思っているの？」

「そんなことは思ってないよ！　ただ、明日隣にいるのが恥ずかしいだろうなって」

イリスは眉を顰《ひそ》めた。ノアの頭の中にある不寛容な自分のイメージは本当にどうにかならないのか。

（私がそう思われるような行動をしてきたということよね。心配よりも、人の目を気にして怒るような女だって）

「座って。こっちよ。傷薬はこれね？」

イリスはテーブルの上に視線を投げた。ノアの手を引いて、すぐそばにあるイスに座らせる。そしてお湯の入った器に手巾をつけてそれを絞り、白い粉のついたノアの頬にあてた。

ノアがほっとしたように息を吐いて表情を緩《ゆる》める。

「ありがとう。自分でできるから大丈夫だよ」

「貴方は雑だから私がやるわ」

寛容で愛情深いところを見せようと思ったが、言葉が刺々《とげとげ》しくなる。そこに関しては諦めることにした。

優しい言葉の代わりに、丁寧な手つきでノアの頬を拭《ぬぐ》う。髪についた小麦を払うと、緑混じりのブラウンの瞳と目が合う。ノアは笑いながら顔を背《そむ》けようとする。

「くすぐったい。掃除中の展示物みたいな気分だ」

「美術品なら動かないで。痛みはどうなの？」

「もう痛くはないよ。治ったと思う」

イリスが傷に布を当てると、ノアは軽く眉を寄せた。

「嘘つきね」

手巾をお湯につけてしぼる水音が部屋に響く。ノアは退屈なのか足の先を落ち着きなく動かした。

「イリスは今日マリアンヌと外に出たんだよね。どこに行ってきたの？」

「ロセッタの丘の上まで登ったの。少し暑かったわ」

「えっ、嘘だろ！　イリスが言えばマリアンヌは文句を言わないの？」

「私の案じゃなくて、彼女が提案して連れていってくれたのよ」

「本当に？　なんだ、やっぱりマリアンヌは山が好きなんだね。文句を言うわりに足取りがしっかりしてると思ったんだ。久しぶりの王都はどうだった？　そういえば昔、亀《かめ》の形の風見鶏《かざみどり》……風見《かざみ》亀《がめ》？　が屋根についてるのを見たな。イリスも見た？」

ノアの口が澱《よど》みなく言葉を紡《つむ》ぐ。こんな話題ですら何時間でも言葉が尽きなそうだ。

心配したことが馬鹿らしくなるくらいいつもどおりで気が抜ける。

「知らないわ。街中には詳しくないの」

「そうなの？　じゃあ、次は私に王都を案内させてよ。いろんな人に連れ回されているから意外と詳しいんだ。あ、でも普通にしても面白くないか……十個嘘を混ぜるから当てるっていうのはどう？」

「また賭けるつもり？　貴方はなんでもすぐ顔に出るから負けが確定よ」

「そんなことないよ！　イリスはまだ私が本気で嘘をついたところを見たことがないはずだ」

「本気で嘘をつくとどうなるの？」

「さぁ、ついたことがないから分からない」

イリスは目を細めて呆れた顔をした。ノアが朗《ほが》らかに笑う。

彼女は彼の髪をもう一度払った。ふわりと白い粉が舞う。傷薬をすくい、その頬に乗せた。

「終わったわ」

「ありがとう。イリスはなんでもすごく丁寧に扱うよね。世界一貴重なものになったような気分だ」

――何かに触れる時は、軽いものは重く、重いものは軽く見えるように扱うとよろしいでしょう。優しく、心を込めて、揃えた指先で触れます。

イリスの頭の中に講師の声が響いた。もはや癖のようになっていて、特に意識することもない。心がこもっていなくても、丁寧に触れることはできる。

イリスはノアの髪にそっと触れた。指先にどんな感情がこもっているだろうかと考えてみる。

無事でいてくれたことはよかったと思う。怪我をしたのに医者も呼ばずにのんびりと着替えているところは馬鹿じゃないのかと罵《ののし》りたくなる。

しかもそれをイリスに見つからないように処理しようとしていたらしい。

素直に心配もさせてもらえないことに、寂しさと苛立《いらだ》ちを感じる。

王都の景色を見ながら感じた晴れやかで高揚した気持ちを誰かと分かち合いたいと、急《せ》かされるように戻ってきた。それなのに、それどころではなくなってしまった。

（馬鹿）

イリスは自分の中に生まれた幼子のように拗《す》ねた感情に気づいて、それを隠すように微笑《ほほえ》もうとした。口角が上がる前にノアが首を傾《かし》げる。

「まだ粉がついていた？　ありがとう」

イリスは首を横に振った。違う、と咄嗟《とっさ》に思ったが、では何が正解なのかとはっきりさせるのは難しい。彼の髪に触れようとした意味を考えようとして、やめる。

もどかしく苛立《いらだ》つ気持ちもあるし、ただ手を伸ばしたくなっただけだとも思う。

柔らかな赤茶の髪を、粉を払うような動作ではなく優しく、横に流す。

「貴重なものの気分で満足してないで、貴方が自分を貴重なものとして扱いなさいよ。誰も怪我をしていないなんて、どの口が言うのかしら」

そして、ノアの頬にある傷を指差す。口から出てきた言葉は、抱いている感情より厳しく響く。声も冷たい。素直な愛情を口にするには練習不足なのを実感しつつ、イリスは今の自分としては及第点をつけることにした。

ノアはぽかんとした顔で瞬《まばた》きを繰り返す。その頬に軽く朱が差して、くすぐったそうな表情になる。

「見えないから入れ忘れた。純粋に心配されるのって恥ずかしいな。怒られるほうがしっくりくる」

「それで私が扉を開けた瞬間に気まずそうな顔をしたわけね」

「昔似たようなことがあって、母上にすごい剣幕で怒られたんだ。その時の記憶が強くて……でもよく考えたらイリスは母上みたいには怒鳴らないよね」

「当たり前じゃない。それに子供の頃の話でしょう。今はきっとお義母様も怒鳴らないわよ」

ノアは過去を思い出すように視線をずらした。

「子供ってほど子供でも……十五歳くらいかな？　顔を見た瞬間に平手打ちされて、驚きすぎて何を言われたか全然覚えていないんだ」

イリスは義母の顔を頭に描く。一人息子が突然、馬車と接触事故を起こしたと聞いた時と、無事を知った時の心情を想像してみる。

ノア本人は今日のようになんでもないという態度を取ったのだろう。もしくは誇らしげだったかもしれない。誰かを助けるためだと聞いて、まともに心配もさせてもらえない義母の心を想像すると、平手打ちしたくなる気持ちも分かる気がする。

今回ノアの両親は一足早く王都へ到着しているので、今日も夜には顔を合わせるだろう。義母に対して今日のことを「ちょっと転んだだけ」と、ノアが片付けそうなのは想像できた。

「次の日にたくさんお客様がいらっしゃる予定だったんだ。顔に傷を作って父上と母上に恥をかかせたことは私が悪いんだけど、今思い返しても怒りすぎだったと思う」

ノアの話の続きを聞いてイリスは呆れ、彼を上から下まで眺めた。その髪にはまだうっすら白い粉がついていて、頬の傷も目立つ。ほぼ半裸の身体は暖まった部屋でも寒々しい。

「大きな怪我がないのは結果論じゃないの。貴方は屋敷に戻って第一声で、私が馬車と事故に遭《あ》ったって聞いたらどう思うのよ。それも他人を庇《かば》って自ら巻き込まれた上に、擦り傷だから怪我にも入らないし治ったなんて言われてみなさいよ」

「……君は、そんな馬鹿な真似はしないだろうね」

「馬鹿なことをした自覚はあるわけね」

ノアは一瞬言葉を詰まらせた。

「あるけど……でも危ないって思ったら咄嗟《とっさ》に動くのは仕方ないと思わない？　考えてすることじゃないというか。イリスも自分が動けば被害が最小限になるって直感で分かる時がない？」

「ええ、そうね。仕方ないことかもしれないわね」

イリスはその言葉に同意したが、彼は気まずそうな顔をする。

「そういう貴方を馬鹿だと思うのも、心配するのも、考えてすることじゃないのよ。お義母様には正直に話して、大人しく心配されなさい。隠してもどうせバレるわよ」

イリスは身をかがめてノアの頬にある傷の少し上に口付けた。ゆっくり顔を離すと、彼はきょとんと見上げてくる。勢いで行動したことを恥じて、彼女は必要もないのに嘘をついた。

「ウィントロープには、家族が傷にキスをすると早く治るという伝承があるの」

「そうなの？　イリスもしてもらった？」

「ないわ。私は傷ができるような行動はしないもの」

「マリアンヌもそんなこと言っていたな。君が足を怪我した時に本当に怒ってた」

「足……？」

自分が石畳を踏み外した日のことを思い出して、さっと頬を熱くする。

「あれは傷じゃないわ。直近の一番大きな傷は刺繍針を指に刺したことくらいよ」

彼女は自分の左手の指先を見つめた。ノアとの関係が気まずくなったことで集中力を欠き刺してしまった傷は、場所も痛みももう覚えていない。ただ、薄靄《うすもや》の中にいるようにすっきりしない気持ちを抱いていたことだけを覚えている。

今はその理由に自覚があった。その気持ちを受け入れて向き合うことで、少しずつ感情に振り回されている感覚が減ってきた。

しかしそうして安心した頃に、ふと幼い自分を引っ張り出されることがある。厄介なものだが、その幼さも受け入れられるようになっていた。

見つめる自分の手に、ノアの手が重なる。引き寄せられた指先に、彼の唇が軽く触れた。イリスは驚いて手を引こうとしたが、思ったより強い力に阻《はば》まれてできない。

「もう治ってるわ！」

「傷を治すキスじゃないよ。したかったからしただけだ」

彼はイリスの手を取ったまま立ち上がった。前が開いたシャツの隙間から肌が見える。

イリスは思わず身を引く。ブラウンの瞳にじっと見つめられると嘘がバレそうで、視線を逸《そ》らした。

「寒々しいから早く服を着て」

ソファに置いてある新しいシャツを手に取り、ノアに差し出す。

「ありがとう」

彼はイリスの手を離して新しいシャツを受け取ったが、いつまでも着替えようとしない。

「ええと、イリス、脱いでいい？　もしかして着替えも手伝ってくれようとしてる？」

「違うわ！　今すぐ出るからそのままでいてちょうだい。ちょっと、脱がないで！」

イリスが叫ぶと、ノアは声を出して笑った。


王都にある公爵家の屋敷にて、イリスは寝室にあるイスに腰掛け、デスクに手帳を広げていた。空白のページをペン先が漂《ただよ》う。

扉の開く音が耳に入った。顔を上げると、眠そうな様子のノアが入ってくる。頬の傷は瘡蓋《かさぶた》になり、色が濃いので昼間より目立つ。彼はイリスの手元に目を向けて、ぱっと表情を明るくした。

「それ使ってくれてるんだ！」

「ええ、書き心地がよくて気に入っているわ」

「よかった。試作品で使い心地を聞かれてたんだ。イリスも気に入ったって言ったら、喜んでくれそう。何か書く？　イリスが起きているなら私も本でも読もうかな」

「いいえ、もう寝るわ」

「そう」

ノアはベッドに腰掛けた。イリスの顔を見て、何か思いついたように笑う。

「何？」

「え？　えーと……言ったら品がないって言われそうだな」

「人の顔を見て随分なことを言うわね」

「イリスの顔のことじゃないよ！　手帳の話だ」

「手帳？」

彼はあたりを見回すと、ベッドを離れ本棚から薄い手帳を取り出した。それをデスクの上に広げる。そして立ったままデスクに手をつき、薄茶に変色した紙の上にペンを走らせた。綴《つづ》っているのは古い言葉だ。

イリスはそれを読み上げた。

『発注書一枚で百冊の手帳を頼む時、予算を増やさず冊数を増やすには？』

書かれた意味が分からず困惑してノアの顔を見ると、彼がすかさず答える。

「『一枚手紙を添えること』。君が喜んでたって書いたら増えるだろうと思って。いつか王都に卸《おろ》したいって言ってた。……ほら、あまり感心しないと思った」

イリスの反応が芳《かんば》しくないのを見て、ノアは苦い顔になった。けれど、彼女はこの話をがめつくて品がないと感じて喜ばなかったわけではない。

「私は王都の人間ではないのだけど？　まぁいいわ、気に入ってるのは本当だからお礼を書くわ」

「本当？　絶対喜ぶよ。降星祭の時に屋敷の皆に何か贈ろうと思ってるんだけど、せっかくだしこの手帳も入れようかな」

年の瀬に金銭の支給とともに使用人に贈り物をするのは、屋敷の主人として自然なことだ。今は屋敷の女主人であるイリスの役割の一つ。

彼女は毎年ウィントロープで母が用意していた菓子を思い浮かべた。

ヴェルディアにいる使用人は、顔と名前と、それぞれの人柄を思い出せるくらいの数だ。

ノアとイリスの結婚は急に決まったことで、特殊な背景を持つ。嫁入り当初、王都から離れた場所で噂話が娯楽として喧伝《けんでん》されているのを予測していたが、彼らはそれを知らないように振る舞い、イリスをただの遠くから嫁いだ女主人として迎え入れた。

「私も何か、一緒に贈りたいわ」

「イリスも？　すごく喜ぶと思う！」

「用意したいお菓子があるの。それと、その手帳と一緒にブックバンドを準備してもいい？　皆に同じ手帳を渡したら見分けがつかなくなるから、イニシャルを刺繍したいわ」

「確かに。もちろんだよ。待った、イリスの手作りってこと？　それは大変なことになるかも」

「なぜ？」

「マリアンヌが嫉妬するよ。彼女には何か特別なものを考えよう。私も毎年ロバートやケビンは別扱いなんだ」

マリアンヌは下位の使用人も含めた皆と同じ扱いは喜ばないだろうが、彼らが受け取ったものを自分はもらえないというのも気に入らないはずだ。手帳と、特別なもの。二つの用意が必要だろうとイリスは思った。

マリアンヌはイリスが失敗した刺繍作品までとっておこうとする。彼女のためだけを考えて刺した何かを贈ったらどんな反応をするのだろうかと想像して、イリスは頬を緩《ゆる》めた。

「いいことを思いついた？」

「いいえ。まだ時間があるから考えてみるわ」

「それがいいね。何か手配が必要だったら教えて」

イリスはノアの顔を見上げた。彼は反射のように口元を緩《ゆる》める。橙色《だいだいいろ》の光に照らされて、髪も瞳も赤みのある柔らかな色を帯《お》びている。

ふと金色に縁取《ふちど》られて見える彼の髪に触れたくなったが、彼女は手を伸ばさなかった。

「ノア、ありがとう」

「うん、後で何を贈ってどういう反応だったのか教えてよ。マリアンヌは嬉しくても素直に自慢できなそうな性格をしているよね。さりげなく見せびらかせるものがいいんじゃないか。それとも、本当に大事なものはひっそり自分だけで楽しみたいタイプかな」

イリスがお礼を言いたかったのは、マリアンヌに贈り物をする話ではない。それ以外のことも含めてだ。それが伝わらないもどかしさと、彼がそれほどマリアンヌの反応に関心を寄せる必要はないのではないか、という小さな嫉妬心が湧き上がる。

「どうかしら。贈ってみないと分からないわ」

イリスはデスクの上のノアの手に触れた。指先を軽く握ると、握った指が小さく反応する。

彼は意図を確かめるようにイリスを見つめ返す。しばらく無言で見つめ合っていると、ノアの手がくるりと返って指が絡んだ。

目が合ったまま握った手を持ち上げられる。彼の唇がイリスの甲に触れた。

「……もう寝るんだよね？」

イリスは頷《うなず》く。

頷《うなず》いてから、首を横に振ったほうがよかったのだろうか、と疑問に思う。どちらの反応だったら、手の甲ではなくて唇に口付けが欲しいというイリスの意図を、彼は読み取ってくれるだろうか。

（そうじゃなくて、言わなきゃ……）

無言の視線で訴えかけずに、言葉に出せば簡単なことだ。

長い移動中触れ合うことがなかったのを寂しく思っていて、妻として扱ってほしいのだと。

イリスはノアに理由もなく触れたいと思うようになり、彼にもそうであってほしいと期待している。

自分を強く見つめる視線に、すでにその感情が含まれているのではないかと思う時もある。

彼の親切な声掛けや親しみを込めた態度が、他の人にも同じように与えられる優しさではなくて、特別な愛情だと思いたい。

思わせてほしい。

それをどのように言葉にすればいいのか迷っている間にノアがイリスの手を引いた。彼女はイスから引っ張り上げられるように立ち上がる。無言で手を繋いだまま二人はベッドに移動した。

ノアがサイドランプに手を伸ばし、灯りが落ちる。真っ暗ではなく、先ほどイリスが書き物をしようとしていたデスクの灯りはそのままで、暖炉の火もそのまま。

薄暗くなった部屋で、ノアの頬にできている傷が暖炉の炎に照らされ赤く目立っていた。

彼の手がイリスの頬に触れる。唇が触れそうな距離まできたところで、彼女はあることを思い出した。

「待って。薬は塗ったの？」

「薬？」

ノアは訳が分からないという顔をしていたが、やがて理解したようで微妙な顔をした。

「忘れていたのね」

「忘れていたけど、それは今しないといけないこと？」

「ええ。お義母様に寝る前にも絶対に忘れないようにと言われたでしょう」

彼は苦い顔になる。

ヴァンデンブルク夫人は一人息子がまた馬車と事故を起こしたことについて、彼の記憶にあるような怒り方はしなかった。外出中にすでに人伝《ひとづて》に聞いたらしく、驚いた様子もなかった。ただ「残らないようにきちんと処置しなさい」とだけ言って、ノアの自身がすでにウィニー卿からもらっていた薬と全く同じものを差し出したのだ。

「別の部屋にあるから取りに行かないといけないんだ」

「それなら取りに行ってきて。薬をくれたお二人の心遣いを無下にしないほうがいいわ」

ノアは納得していない顔をしている。反論を頭の中で考えているようだったが、イリスが譲る気なく見つめていると、諦めたように息を吐いた。

「分かったよ」

ベッド横にある靴を履いて立ち上がる。振り返ってイリスの腕に触れ、額《ひたい》同士をつけた。

「戻った時に続きをしていいなら、昼間みたいにキスして」

イリスは目を見開く。額《ひたい》が離れると、ノアの瞳が強く自分を見つめているのが分かる。

彼女は膝立ちになって、ノアの肩に触れた。右頬の傷の少し上に口付けを落とし、それから彼の唇にそっと自分の唇を重ねる。

唇が離れて目が合う。彼の手がイリスの手に重なった。

勢いに任せた自分の行動が恥ずかしくなって、彼女は頬が熱くなるのを感じた。

「……君のせいで薬を取りに行くのがますます嫌になった」

「馬鹿なことを言ってないで早くして」

「続きを？」

「ノア」

名を呼ぶイリスの声に甘さはない。ノアは何か言いたげな顔をしたが、口は開かず額《ひたい》に口付けしてからその場を離れた。

そしてすぐ戻ってくる。鏡もない場所で適当に薬を塗ろうとするのでイリスが代わりに薬を自分の指にすくい、薄く頬に乗せた。ノアがその様子を居心地が悪くなるくらいじっと見ている。

「もういい？」

イリスの指が頬から離れた瞬間に、彼は彼女の手から薬の入った器を奪った。カツンと小さな音がして、サイドテーブルの上に置かれた――と思っている間に、腰に回った手で強く引き寄せられる。

触れた身体の熱と急に縮まった距離に驚いて、イリスは目を見開いた。ノアの顔が目の前にある。唇が重なって、すぐに舌が狭い隙間を割り入ってきた。咥内《こうない》を弄《まさぐ》る遠慮のない動きに翻弄《ほんろう》され、イリスの身体から力が抜けていく。

「んぅっ」

絡んだ舌が解かれ、短い呼吸を繰り返していると、ノアが髪に触れた。親指がゆっくり頬を撫《な》でる。

額《ひたい》や瞼《まぶた》や頬への軽いキスの後、もう一度唇同士が優しく触れた。けれど、押しつけるだけですぐに離れる。

ノアは触れて離れるだけの口付けを繰り返す。時々額《ひたい》を合わせたり、鼻先や頬にもキスしたり、子供の戯《たわむ》れのようなスキンシップが交ざる。

やがてちゅっと音がして、唇が離れた。ノアの瞳が柔らかくイリスを見つめている。

「イリス」

甘えるように名前を呼ばれて、イリスは顔を上げた。角度を変えてもう一度唇が重なる。何度も口付けを繰り返しながら、イリスはノアに押し倒された。金の髪がベッドに広がる。

ノアの指先がその髪をすくった。彼はその一房に口付けて、シーツの上に戻す。

髪の次は手を握って、指先や甲、手のひらに唇を落として、イリスをくすぐった。

彼がもう一度イリスの名前を呼んで、手首と腕の境目、手首の内側にも唇が触れる。はぁ、と唇から漏れた息が手首にかかった。イリスの心臓の鼓動が速くなって、体温が上がっていく。ノアと目が合うと、顔がとても熱くなってしまい、彼女はつい顔を逸《そ》らした。

ノアは横を向いたその頬に軽く口付けして、耳元にも同じことをする。そして静かな声で尋ねた。

「嫌？」

「……嫌じゃないわ」

「じゃあこっちを見て」

イリスがゆっくりノアのほうに顔を向けると、唇同士が軽く触れる。その反応を見るように、軽く触れるだけの口付けを繰り返されるのがもどかしい。

彼女はノアの背中に手を回した。布越しに感じる高い体温を引き寄せるように腕に力を込める。

ノアはイリスに逆らわず身体を落とし、また口付ける。触れたところから伝わる体温と、身体の厚みや体重を感じるのが心地よく、イリスはその感覚を味わうために目を閉じた。

いつの間にかキスの雨は終わっていて、代わりに彼の手が自分の頬を撫《な》でるのを感じた。

ゆっくり目を開くと、ノアと目が合う。ブラウンの瞳は柔らかく細まった。

「……可愛い。好きだよ」

イリスは目を見開く。

欲しいと思っていた言葉を口にされて、心臓がまたうるさくなる。

愛の言葉を返す余裕はない。

「口先だけに聞こえる？」

「そういうわけじゃ……」

「本当に思ってるよ。思ったら言いたくなるんだ。言いたい。言わせて」

ノアはイリスの髪を撫《な》でたり頬に口付けたり、挨拶《あいさつ》するように軽いキスを何度も繰り返す。そしてイリスの名前を呼んで、もう一度「好きだ」と言った。

唇があちこちに軽く触れる感触と、甘い声がくすぐったい。耐えがたくなって思わずノアの胸元を押す。

「もういいわ……！」

ノアは困った顔でイリスを見つめてから頬を撫《な》で、少し顔を近づけた。

「態度でも示しているつもりなんだけど、本当に難しいな。イリスが聞きたくないと思うなら明日から黙るよ。でも今日は許してほしい」

身体が密着してぐっと体重が掛かる。手をシーツに縫いつけられ、イリスの手を握る手に力がこもった。

口を塞《ふさ》がれてしまい、イリスは黙る必要はないと伝えることも、愛の言葉を返すこともできない。言葉の代わりに手を握り返す。

唇を甘く噛まれて軽く口を開いたところに舌が入ってくる。熱い舌が絡んで、咥内《こうない》を撫《な》でる感覚が心地いい。イリスは目を閉じた。

「ふっ、んぅ……」

握っていた片方の手が解かれ、ノアが足を撫《な》でる。乾いた手が夜着の中に入ってきた。肌と手のひらが密着する。

キスを続けながらの焦《じ》らすような腹部までのゆっくりした愛撫《あいぶ》では、決定的な刺激がない。快感を求めて、イリスは自分から口を開き、舌を奥に進めた。

静かな寝室で水音が響くと、自分のしていることを実感し、鼓動が速くなる。

肌を撫《な》でるノアの手の温度も気持ちいい。触られていない胸の先端や、身体の奥が疼《うず》くような感じがする。

「んっ、はぁ……ノア……っ」

口付けの合間に名前を呼ぶと、彼が表情を緩《ゆる》めた。頬と耳元でリップ音がする。

彼の手が乳房を下から持ち上げるようにやわやわと揉《も》んだ。緩《ゆる》い刺激だが、口から息が漏れる。

「可愛い、イリス」

耳元で囁《ささや》く声に、身体がびくりと震える。感じやすい場所が触られる前から反応していることに戸惑って、イリスは思わず首を横に振った。

「何が嫌？　うるさいなって思ってる？　明日からじゃなくて今すぐ黙れって」

「そんなこと思ってないわ」

ノアはその言葉の真偽を確認するようにイリスを見つめた。これ以上何を言ったらいいのか分からず戸惑いながら見つめ返すと、表情を緩《ゆる》める。そしてまた唇が優しく触れるだけのキスを繰り返す。

ノアは胸の上で緩《ゆる》く円を描いたり周辺をこすったりするだけで、一番敏感な先端には触れない。

彼の唇が、首筋、鎖骨や脇腹、そして胸の谷間に移動する。

じんとする場所に彼が触れるのではないかと気になって、そこにばかりに意識がいく。指が胸の中心に近づくたびに身体が小さく跳ねる。そんな大袈裟《おおげさ》な反応が恥ずかしい。

けれど、助けを求められるものが何もなかった。彼女はずっと握ったままのノアの左手を強く握る。

「久しぶりで敏感になってる」

「違……」

「なってるよ」

「あぁっ！」

唇も、舌も、指先も、イリスを焦らすばかりだ。濡れた胸元が空気に触れて冷たくなる。

「ほら、周りを撫《な》でているだけなのにこんなに反応してる」

「やっ、ノア……！」

イリスはノアの手をさらにぎゅっと強く握った。

彼女が握っていないほうの熱い手のひらで、彼はイリスの腹部をゆっくり撫《な》でる。そんなことでさえ腰のほうから這い上がってくる快感に追い詰められて、泣きたいような気持ちになる。

「っ……！　もう、ちゃんと、触って……！　あぁッ！」

ノアの歯がふっくらと存在を主張していた胸の先端に触れた。甘く噛まれて、痺《しび》れるような刺激にイリスは悲鳴をあげる。

そうしてもう片方は指先できゅっとつままれた。突然の鋭い快感に、イリスは身を捩《よじ》って逃げようとする。

「んぁ！」

それを咎《とが》めるように乳首を甘く噛まれ、身体がびくんと跳ねた。

そんな強い快感の余韻でぼんやりしながら、呼吸を整えようと努める。

ノアも呼吸が浅くなっている。はーっ、と長く息を吐いて、イリスを抱きしめ、唇を重ねた。

舌が絡んで表面が擦れる。甘い味に、ますます夢の中にいるような浮遊感に囚《とら》われていく。

ノアが身体を押しつけるように動くと、彼のものが熱を持って存在を主張しているのが分かる。

布の上から秘部を擦り合わせるような動きをされて、イリスの身体が期待で疼《うず》いた。

早く、と続きを促《うなが》す言葉が口にできず身を捩《よじ》ると、ノアが手を強く握って、さらに身体を押しつけてきた。

重くて息苦しいが、解放されたいとは思わない。彼の体温と重さを感じていたい。

最初の夜は気持ちいいとは思わなかった。息苦しくて、熱くて、早く終わってほしいと思った。

今も「早く」と思うが、求めるものが別だ。早く満たしてほしい。

「ノア……」

名前を呼ぶと、彼は一度身体を起こした。

握っていた手を離して、イリスの髪を撫《な》でる。体重を掛けないように気遣いながら、触れるだけの口付けをした。そしてイリスを抱きしめて、今度は優しく唇を合わせる。

彼は初めて顔を合わせた時から、よくイリスの髪や頬や額《ひたい》などにキスをした。

結婚当初はイリスのことを知らず、気後《きおく》れしていたというのが本人の証言だ。

イリスはノアが義務として彼女を愛そうとしたあの夜と今日の彼の表情を比較しようとして、初夜のことを思い出せないことに気づく。彼の表情にまで気を配る余裕がなかったから仕方がない。

初日はイリスもひどく緊張していて、不安だった。

唯一で絶対だった目標と行動指標を失い、馴染《なじ》みある土地を離れて、受け入れてもらえるか分からないまま嫁いできたのだ。ノアの態度は予想していたものとは異なっていて戸惑うことも多かったが、イリスを気遣い結ばれた縁を大切にしようとしてくれているのは伝わってきた。

その飾りけのない態度に緊張が解《ほぐ》れて、心を開くまであまり時間はかかっていない。

(だから、傷ついたんだわ)

ヴェルディアに来てから、ノアはイリスが何者かに関係なく特別な存在にしてくれていたように感じていた。

しかしそうではなかった。

イリスの受け取った優しさは特別な想いの込められたものではなく、彼は他の女性にも優しく微笑《ほほえ》みかける。話を聞いて、寄り添って、一緒にいる時間を楽しもうとしてくれたことは、彼にとってはイリスが感じているほど意味がなかったのだ。

それを突きつけられた気がして悲しかった。

イリスはノアの表情を見るために、身体を軽く押す。彼は身体を起こして、イリスを見つめ返した。イリスの視線の意味を問いかけ、言葉を促《うなが》すように見ている。

彼女の気持ちは間違いなく変わっているけれど、ノアはどうなのか。彼にとっては、一緒に過ごした時間は意味のあるものなのだろうか。

そうであってほしいと願いながら、イリスは確かめるように彼の瞳をじっと覗き込んだ。

自分も身体を起こしてノアの頰に手を添えると、その瞳がふにゃりと和《やわ》らぐ。

イリスが触れた時、ノアは驚くことはあるが、拒否はしない。

嬉しそうに細まった瞳を見て、彼の言葉や表情に込められた意味を探そうとする行為が無駄なことのように思えてきた。

（もっと単純に考えればよかったのかもしれないわ）

イリスの夫はなんでも顔に出てしまい、嘘をつくのも人の言葉の裏を察するのも下手。彼の言う「好き」がイリスの求める意味と同じかは分からないが、探したところで彼の気持ちに言葉以上のものはないのだ。

確かめたければ、言葉にしてもらうしかない。

「ノア……愛してると言って」

ノアは目を見開いた。

そしてベッドで囁《ささや》く愛の言葉にしては大きすぎる声で、すぐにイリスの望んだことを口にする。

「愛してるよ」

全く迷わず口に出すということは、本心のはず。彼の表情にも気遣いや怯《おび》えはない。

そこまで確かめたのに、愛の言葉を素直に受け取れない自分にイリスは呆れる。

ノアが感情を読み取ろうとするように彼女をじっと見て、気まずそうな顔をした。

「言ってと言われたことをそのまま言うのは不正解だった？」

「そんなことはないわ」

「即答しすぎて情緒がない？」

イリスが喜んでいないことを察して、その理由を一生懸命考えているようだ。

「……もう一回、もったいぶって言ってみていい？」

見当違いな解決策に、イリスは思わず笑ってしまった。

もったいぶるとどんな言い方になるのか、それを聞いてみたい気もするが、ノアにばかり譲ってもらうつもりはない。

「貴方が悪いわけではないの。ただ、私が自分の中で折り合いをつけなければいけないだけよ」

「なんの折り合いをつけるの？」

「貴方の言葉と優しさを、素直に愛情として受け止めることよ」

ノアは理解できないという顔になる。その様子にイリスは表情を緩《ゆる》めた。

「貴方は私のことが苦手だったでしょう」

「苦手というか……気後《きおく》れはしていたよ。君がそれだけ素晴らしい人だからだ」

「ありがとう。それでも出会って最初の日と今日の貴方は、同じように優しいと思うわ。私を大切にしようとしてくれているのは分かるの」

そう言って、何も分かっていなさそうな夫の髪を撫《な》でる。

「私はそれが不満なのよ。優しさで『愛してる』と言っているんじゃないかと不安なの。一緒に過ごした時間があるのに、初日と同じ扱いをされるのが嫌。他の人と同じなのも、誰かの代わりも嫌。私は貴方に特別に愛されたいの」

はっきり自分の欲望を口にしたことに、心が高揚する。

愛しているという言葉が欲しかったのではなくて、伝えていいか知りたかったのだ。

その昂《たかぶ》った気持ちに押し出され、言葉が出る。

「私、貴方が好きよ。妻としての義務ではなくて、心からそう思うわ」

ノアは口を軽く開いてイリスを見た。話が全く耳に入っていなかったのか、遅れて反応する。

「えっ⁉」

「そんなに驚くことかしら」

彼は二回頷《うなず》いた。

「君は寛容だから一緒にいてくれるんだと思ってた。一緒にいなきゃいけない関係じゃなくて私が君を好きなんだと伝わって、君にも同じ気持ちを返してもらえたらって……願ったことは何度もある。すごく嬉しい」

蕩《とろ》けるような甘い視線に、イリスの頬は熱くなる。思わず目を逸《そ》らすとノアが少し距離を詰めた。

「君が目を逸《そ》らすのは、悪い意味じゃないと思っていい？」

「……ええ」

そんなこと、言わなくても分かってほしい。頬が燃えるように熱いのだから、見て分かるくらいにイリスの顔は真っ赤になっているはずなのだ。

「こっちを見て」

イリスは視線だけノアに向けた。彼は彼女の熱い頬にそっと触れ、両手で包み込むようにして唇を重ねる。

ゆっくり離れて、視線が交わる。

ノアは幸せで満ち足りた表情をしているが、イリスはこれでは足りないと感じた。ノアの手を自分の鎖骨のあたりに導く。手のひらがちょうど心臓が脈打っているあたりに触れる。

「足りないわ。貴方は私が貴方に手を握られるだけでどきどきして、もっと深く触れてほしいと思ってしまうことも、当然言わないと気づかないのよね」

ノアの手がぴくりと反応した。顔が耳まで赤くなって、狼狽《ろうばい》が顔にはっきり出ている。

「イリス……ちょっとっ！」

「初めて触ったわけでもないでしょう」

「君にこんなふうに求められるのは初めてだよ！」

イリスは納得できない。彼女がノアを求めたのはこれが初めてではないはずだ。

「……少なくとも今日先に手を握ったのは私よ」

「あれをそのままの意味で受け取ってよかったの？」

「他になんだと思うの？」

「分からないから困ってた。なんて紛《まぎ》らわしいことをするんだと……薬を取りに行けと言われた時は、勘違いするなって言われたような気分だった」

　ノアが身をかがめて、イリスに口付けした。

「それでも諦められないくらい、君にすごく触れたかった」

　目が合ったブラウンの瞳の奥に火が灯っていることに気づいて、イリスの身体が熱くなる。

「なら、早く触って。私の身体が感じることに意味が欲しいと言っていたでしょう。貴方がそうさせているの。貴方の声や手に私が感じているって、確かめて」

　強い視線でイリスを見つめていたノアの顔が動揺で塗り替えられて、また赤くなった。もたれかかるように彼女を抱きしめて、頭をその肩に預ける。

「待って……急に色々なことを言われたら受け止められないよ。心臓がうるさくて死にそうだ」

　痛いくらいに抱きしめてくる。イリスはその痛みに不満よりも満ち足りた気持ちが湧いてくるのを感じながら、彼の背中に手を回した。

「構わないわ。こうしている貴方を可愛いと思うくらいには惚れているもの」

　イリスは手持ち無沙汰になった手でノアの赤茶の髪を撫《な》でる。彼は小さな声で不満そうにうめいた。

「可愛いは嫌だ」

「まぁ……私に好ましく思われるためなら使えるものは使うんじゃなかったの？」

「君は本当に記憶力がいいな。それも本音だけど、好かれているのが分かった今はもう少し欲張りになってる。可愛いよりも、魅力的だと思ってほしい」

イリスは彼は魅力的だと伝えるつもりだったが、その言葉が音になる前に口を塞《ふさ》がれる。唇を甘く噛まれて、そこを舌が割り入ってきた。啌内《こうない》を撫《な》で、舌が絡み、唾液が混ざる音が耳に響く。そのままベッドに押し倒そうとする力に逆らわず、彼女は仰向《あおむ》けになった。

「ねぇイリス、特別って、何をしたらいい？　どうしたら私にとって君が特別だってちゃんと伝わる？　伝えていたつもりだけどできなかったから、君の正解が知りたい」

先ほどより性急に胸を揉《も》みしだかれる。先端をきゅっとつままれ、イリスの身体がびくんと跳ねた。

ノアの手がイリスの足を撫《な》でて下着をずらす。イリスが軽く腰を上げると下着が取り去られ、無防備になった場所にノアの指が触れる。

濡れたあわいをすっと撫《な》でられると、溢《あふ》れ出《で》た愛液がノアの指に絡んだ。

「はっ、あ……ッ！」

指が遠慮なく中に入ってくる。先ほどの愛撫《あいぶ》で散々焦《じ》らされ疼《うず》いた場所は、簡単にそれを呑み込んだ。

濡れた指に内壁を擦られ、イリスの身体を快感が支配する。ぞくぞくと背中が震えて、それに押し上げられるように口から甘い息が漏れた。

「イリス、教えて。君を愛してると伝えさせて」

身体の中をかき混ぜられて頭が真っ白になっていく。乞《こ》われても、イリスには答えられない。

「分からな……んぅ、ノア……っ、ああっ、あっだめ……！」

身体が限界に達しようとしているのに気づいて、イリスは顔を背《そむ》けそうになったが、許されなかった。無理やり顔を正面に戻されて口を塞《ふさ》がれ、指の抽送で果てる。膣壁が収縮して、ノアの指を締めつけた。

「あっ、……やっ、待って……動かさないで！」

「待っていいの？　もっと欲しそうな顔をしてる」

昂《たかぶ》った身体は解放されることがない。

ノアは指でわざとらしく音を立て、イリスの中を乱す。快感を拾って赤く膨らんだところに、蜜を塗るように触れた。

イリスがその身体を押しのけようとすると、彼は体重を掛けてそれを阻《はば》む。のしかかるようにイリスを閉じ込めて、耳元にキスをした。耳に触れるその息の熱さにイリスは震える。

「すごく感じてくれて嬉しい。可愛い。好きだ」

「あっ、ん……やっ、もう、むり……！」

「大丈夫だよ。もっと気持ちよくなってるところ見せて。見たい」

敏感な場所を擦られて、イリスの身体はまた限界に達した。

ノアが身体を起こして夜着を脱ぐ。イリスは彼の腕にできた擦り傷に目を向けた。ノアはその様子を見て軽く笑う。

「これは怪我に入らないよ。服を着れば見えないからないのと同じだ。誰も気にしない」

「私は気になるわ」

「じゃあキスして」

イリスは上半身だけ少し起こして、ノアの腕に触れた。傷口に優しく口付けする。

「治った」

「嘘つき……きゃっ」

ノアは笑って、イリスをもう一度ベッドに倒した。

夜会

翌日の午後。

イリスはノアと義理の両親であるヴァンデンブルク公爵夫妻とともに王宮に出発した。

久方ぶりに間近で見た宮殿は、どこか別の場所に見えるほど馴染《なじ》みなく感じる。義両親、そして夫とともに広間に足を踏み入れると一瞬音が途切れ、すぐにざわめきが戻った。

自分に向けられる視線が好意的かそうでないものかはすぐ分かる。今、イリスに向けられる好奇心を隠しきれない表情は、王太子妃候補の座を急に奪われた哀れな女に同情するものとは違う。むしろこれから何が起きるのかと楽しみにしているような雰囲気だ。

イリスは身に覚えのない奇妙な注目のされ方を訝《いぶか》しみつつ、隣に立つノアを見る。彼はイリスをじっと見ていた。

「大丈夫？　顔色がよくない」

「いつもどおりよ。日焼けしたせいで化粧の色が合わなくなっているのかしら」

「気分が悪いなら帰ろうか」

「まさか！　ナタリア殿下のお祝いよ」

「じゃあせめて休憩室に行かない？　君は馬車の中で一度も笑ってなかった。気づいてないの？」

イリスはノアの顔を見上げて、しばらく迷った。譲る気のなさそうな夫に軽くため息をつく。

「本当に大丈夫よ。人前に出るのが久しぶりで緊張しているだけ。……それになんだか、視線が気になるわ」

ノアがパッと顔を上げて周りを見渡すと、何人かが視線を逸《そ》らした。彼はその反応に苦笑いする。

「何か気になるなら声を掛けてくれればいいのにな。せっかく王宮にご招待されたのに、視線を気にして楽しめないのはもったいないないね」

イリスの手を引いて、指先に軽く口付けた。

「まだ私たちは新婚だから、お互いに夢中でも許される。私だけ見ていてよ。……あとは手入れの行き届いた素晴らしい庭」

そして、窓の外に目を向ける。イリスも彼の視線を追って、外に目を向けた。

広い場所を視界に入れると少し気が紛《まぎ》れ、深呼吸して肩の力を抜く。

「人に見られるなんて当たり前のことだったのに、ヴェルディアでは気を抜きすぎていたわ」

「それはきっと逆で、王宮では気を張るのが当たり前になって気づけなかったんじゃ？　私は王都の夜会ってだけで気が重い。お祝いの言葉をお伝えしたらワルツが流れる前に帰りたいよ」

「ダンスが嫌いなの？」

「嫌いじゃない。踊っている間中採点されるから疲れてしまうんだ。踊るだけなら得意だよ」

ノアはイリスの手を取り、力強く腰を支えた。迷いのない足取りで一周してぴたりと止まる。先ほどとはまた違う、呆れと感心が混ざった視線が二人に集まった。

「ちょっと！　目立つわ」

「噂は噂で塗り替えるしかないだろ？　どうせ見られるなら、ヴァンデンブルク家の跡とりは妻に夢中で浮かれすぎて、周りが見えてないって呆れを集めよう」

ぐっと腰を抱き寄せられた。ノアが口角を上げ、イリスもその気遣いに応えるように口元を緩《ゆる》める。

「……お互いに夢中の間違いよ。ありがとう。でもいいわ。塗り替える前に何を噂されていたのか調べて、家の名に影響のあるものでないか確認しないと」

「噂話なんてみんな暇つぶしの娯楽にしたいだけだ。真面目に聞く必要はないと思うよ」

「それならそうと分かればいいのよ。じゃないと気が済まない。私の性格を知っているでしょう？」

彼女がはっきりとした口調で告げると、ノアは困ったように笑って頷《うなず》いた。

しばらくすると主役のナタリアとともに、王族が入場する。

まず国王と王妃が入場し、その後に兄のジョシュアにエスコートされたナタリアが続く。婚約者のいないナタリアがジョシュアのエスコートで入場するのは驚くことではないが、ジョシュアと婚約しているはずの聖女の姿がそこにない。

夏の太陽のように眩《まぶ》しい金の髪はナタリアの自慢だ。その自慢の柔らかな髪を美しい宝石で彩《いろど》り、風に靡《なび》かせて彼女は微笑《ほほえ》んでいた。

イリスの髪色とナタリアの髪色は少し違う。それでもナタリアが鏡を覗き込んで、『わたくしたち、本物の姉妹みたいじゃない？　イリスをお義姉様と呼ぶのが楽しみすぎるわ』と笑ってくれた日のことを思い出して、イリスは懐かしく目を細めた。

各家のゲストがナタリアに祝辞を述べることになり、イリスは自分の両親がナタリアの前に歩み出るのを遠くから見つめる。父は少し痩《や》せているように見えたが、低く重厚な声は記憶のとおり。その隣に立つ母の姿も変わりがないように見えた。

イリスはじっと両親を見つめるが、二人がこちらを見ることはない。

「後でご両親にも挨拶《あいさつ》に行こう。あそこに義兄上とエマニエルもいる。義兄上に奥様のご懐妊のお祝いをお伝えしなきゃ」

ノアがひそやかな声でイリスに呼び掛ける。イリスは兄ジュリアンと夫人、弟の姿を探して目に留めた。兄の妻がイリスに気づいて何か耳打ちしたが、彼はイリスに興味のなさそうな視線を一瞬投げただけだ。

イリスはノアと一緒に、ナタリアの誕生日を祝う人々の輪に交ざった。

イリスの姿を見つけた王女が、ぱっと顔を上げる。琥珀色《こはくいろ》の瞳がシャンデリアの光を浴びて輝いた。

「イリス！」

明るくはしゃいだ声が広間に響く。人々がざわめいてイリスに注目が集まった。イリスは戸惑いつつもナタリアの抱擁《ほうよう》を受け止める。

「殿下、このたびはおめでとうございます。こうして一緒にお祝いさせていただけて光栄ですわ」

「ちょっとイリス？　もう、そんな祝辞みたいな堅苦しい言葉はやめて！」

ナタリアは不服そうにイリスを見つめ、それからすぐ隣にいるノアにも視線を向けた。

ノアは一礼して祝いの言葉を伝え、ナタリアが微笑《ほほえ》んでお礼を返す。彼女の興味はすぐに移り、自分を囲む人々に目をやった。

「リーナ、アンジェラ、いらっしゃいよ。イリスに会うのは久しぶりでしょう？　わたくしは皆様にご挨拶《あいさつ》してから交ざるから、後で何をおしゃべりしていたか教えて」

栗色《くりいろ》の髪をした女性と、その隣にいる赤毛の女性を呼ぶ。二人は指名されたことに驚いて一瞬顔をこわばらせ、イリスの顔色を窺《うかが》う。

三人ともぎこちない表情になったが、やがて顔を見合わせて笑った。

雑談をするうちに友人たちの雰囲気が華やぐのを見て、イリスはやっとこの場所でどうやって呼吸をしていたのか思い出す。

「イリス」

「きゃっ！」

その時、突然後ろから肩を叩かれて、飛び上がる。夫のことをすっかり忘れていた。

「ごめんなさい」

「水を差してすまない。思い出話をするなら私は邪魔だろう？　少し挨拶《あいさつ》して回ってくる。曲が変わったら迎えにくるから、一曲だけ私と踊って、挨拶《あいさつ》するのに付き合ってよ。そしたら今夜の君の隣は懐かしい友人たちに譲るって約束する」

ノアがイリスの頬にキスすると、リーナとアンジェラは嬉しそうな悲鳴をあげた。

◇　◇　◇

曲が終わる頃、イリスはリーナとアンジェラに手を引かれて人混みをかき分けていた。二人が、ケビンと話し込んでいて迎えにこなそうなノアを見て、いたずらを提案してきたのだ。こっそり後ろから夫に近づいて、肩を叩いてみよう、と。

その提案には戸惑ったが、友人と過ごして高揚していた気持ちがイリスの背中を押した。

終盤に向かう音楽を楽しみながら、軽い足取りで広間を進む。何が楽しいのかも分からないのに、友人たちとくすくすと笑い合う。

過ごしたこともない無邪気な少女時代に戻ったように錯覚しかけた彼女を、低い声が現実に戻した。

「イリス」

イリスはぴたりと足を止める。彼女の父、ウィンドミア公爵が穏やかな顔で娘の友人に挨拶《あいさつ》をした。

「楽しんでいるところすまないね。少し娘をお借りしても？」

「もちろんです、公爵閣下」

アンジェラがイリスの手を取って、後ろから耳打ちする。

「ノア様には私たちから伝えておきますね」

「ありがとう」

公爵が顔を上げる。

「ああ……彼を待たせているのか。ノアには話が済んだら私がイリスを会場まで送ると伝えておいてくれるかな？　急ぎの用なら東棟の休憩室に」

リーナとアンジェラは揃って頷《うなず》いた。

「イリス、ここは少し騒がしいから外へ出よう。おいで」

「はい、お父様」

公爵が手を差し出す。イリスは手袋をした父の手を取った。

廊下に出ると公爵はその手を離し、右に曲がって少し足を早める。

「お父様、あの……」

「なんだ」

「東棟はあちらでは？」

イリスは父の向かう反対側を指差した。公爵はぴたりと足を止め、感情のない声で答える。

「知っている。私がお前より王宮の間取りに詳しくないとでも？」

「いいえ！　申し訳ございません」

「お前がまだここを自分の家のように感じているのは悪いことではない。こちらへ来なさい」

イリスは王宮を自分の家のように感じたことなど一度もないのだが、口答えをせずに父についていった。イリスが足を踏み入れたことのない区域の部屋の前で公爵は足を止める。扉の向こうは小さなプライベートルームだ。

ウィンドミア公爵はその部屋のカーテンを閉めてイリスに向き合い、静かな声で尋ねた。

「昨日、ジョシュア殿下とお前をロセッタの丘で見たという噂が耳に入ったが事実か？」

イリスは目を見開く。ホールに足を踏み入れた瞬間の好奇心に満ちた視線を思い出した。

王太子と彼に婚約破棄された女が人の少ない丘の上で逢瀬《おうせ》を楽しんでいたとなれば、それはもちろん楽しげな視線を向けられるはずである。

しかし事実は期待されるほど楽しいものでもないので、落ち着いて答えた。

「事実です。ですが楽しんで噂されるようなものではありませんわ。ただの偶然で……」

「私は事実か、と聞いたんだ。それ以上のことは聞いていない」

冷たい声に、身体がこわばる。

「申し訳ございません。事実です」

公爵は彼女を頭の先からつま先まで眺めた。

「ヴァンデンブルク家は嫁を教育できない家らしいな。広間ではしゃぎ回る耳障《みみざわ》りな声が誰かと思えば、お前がその一員だとは……目を疑ったぞ。鄙《ひな》びた辺境で社会での振る舞いを忘れたのか？」

イリスはまたびくりと震えてから首を横に振る。

嫁入り先の家を悪く言うのは正しい姿ではなく、父の言葉を否定するのも正しくない。怯《おび》えた顔をするのも正しくない。

彼女は軽く口角を上げて、穏やかに微笑《ほほえ》む。

「申し訳ございません。懐かしい王宮の空気に、はしゃぐ気持ちを抑えきれませんでした」

「一日この場所を訪れただけで、はしゃぐ必要はない。お前の居場所にすぐに戻してやる」

「え？　……どういう、意味でしょうか？」

「そのままの意味だ。王太子妃の座にお前以上に相応《ふさわ》しい娘はいない。聖女の噂を聞いたか？」

公爵は自分で尋ねておきながら、その質問に娘が答える前に首を横に振った。

「閉鎖的な片田舎にまともな情報など届かないか。あの聖女は偽物だ」

イリスはまたも目を見開く。

ジョシュアは彼女についてなんと言っていただろうか。彼女の力は本物だ――と、彼は言った。

公爵がイリスに近づいて彼女の頬を親指で撫《な》でる。品定めするような視線に、彼女の身が固まる。

「殿下はお前を忘れていない。お前ほど美しく……慎《つつ》ましやかで完璧な娘はいないとよくご存知だ。殿下は離れた後もお前を忘れられず、ずっと想ってくださっていた。もちろんお前もな。それはそうだ。殿下に嫁ぐために生きてきたお前が今さら他の男のために生きられるわけがない」

父の言葉がイリスの胸を刺す。

もうその可能性はないのに、それができなければ彼女に価値はないとでも言いたげな父の態度は昔から変わらない。

「お前はロセッタの丘で殿下と再会を約束していたんだ。お前たちはそこで想いを確かめ合い……」

身勝手な言い分に耐えられなくなり、イリスは思わず口を挟んだ。

「お父様、私と殿下はそのような話はしておりません。あそこで顔を合わせたのは偶然ですし、二人きりではありませんでした。マリアンヌと殿下の護衛の……」

「二人きりだっただろう！　お前は殿下と二人きりだった。親しげに話していたという証言がある。今日この会場でも見つめ合って微笑《ほほえ》んでいたんだ！」

両肩を痛いくらいに掴まれて、彼女は動けなくなる。父に怒鳴られたのも、逆らうことのできない力で身体を掴まれたのも、初めてだ。

「約束して二人で会った。そう言いなさい」

父の言葉は復唱できない。復唱すると何が起きるのか、考えるのをやめてしまった彼女の頭では想像できなかったが、言ってはダメだとは分かる。

公爵はいつまでも口を開かない娘を真顔で見つめ、小さくため息をつく。

「ヴァンデンブルク家に義理立てしてるのか？　そんな気遣いは不要だ。確かあの男には懸想《けそう》している女がいたな。手近なだけの女に惚れた上に愛人にもできない甲斐性《かいしょう》なしだ。お前たちは形式だけの白い結婚をして、近いうちに離婚することになる。今から殿下に会って、お前には殿下しかいないと告げてきなさい。後は私が上手くやっておく」

イリスは信じられない気持ちで父の顔を眺めた。否定の言葉が喉元まで出掛かるが音にならない。

「来なさい」

ウィンドミア公爵がイリスの手を取った。無理やり腕を引かれて部屋を出る。

「待っ……」

不安に駆られて逃げ出しそうになったイリスの足を、公爵の言葉が止める。

「いいか、お前は〝白い結婚をしていた〟というのを忘れないようにしなさい。あの男に下品な真似を覚えさせられていないことを祈るしかないな。間違えても娼婦のように自分から腰を振るなよ」

彼女は口を開けて父の顔を見つめ、衝動に駆られてその手を振り払った。

「おい！」

目の前にいる人は本当に自分の父親なのかと疑う。

「会場に戻ります」

イリスは父を見つめ返して、静かな声で告げた。

「私の話を聞いていなかったのか？　お前はここを右に曲がるんだ。すぐそこの扉を入りなさい」

「聞いておりましたが、聞く価値があるとは思いませんでした」

イリスは不快感のあまり叫びそうになるのを抑えて話を続ける。

「私が殿下を誘惑したら家の名声が戻るどころか、ますます格を下げるだけです。そんなことも分からないのですか？」

震えそうになる手を自身の手で押さえ、父と目を合わせたまま言い切った。返ってくる言葉を待って、イリスの心臓が飛び出しそうなほど激しく脈打つ。

公爵は無言で彼女の腕を取り、もう一度引っ張った。

抵抗しようとしても、力では逆らえない。

渡り廊下に二人分の足音が鳴る。

「離してください！」

「懐かしいな、イリス。昔のお前はいつもそうやって、自分の知っていることを世界の道理かのように人に教えたがった。お前は私の可愛い娘だ。自分の魅力にもっと自信を持ちなさい」

その声は淡々としていた。

話を聞いてもらえない。イリスの言葉が父親に届いたことはないのだ。

廊下を右に曲がると、オリーブ色の扉が見える。扉の前に立っているのが王宮ではなく父の使用人だと気づいて、イリスの顔から血の気が引く。

「念のため夫の不貞の証拠を残しておくか。相手はフェルト侯爵の孫だったか？　探して東棟の休憩室に呼んでくれ。いなければ似たような背格好の女でいい。確か名前は……」

その時、公爵の手の力が緩《ゆる》んだ。イリスは父の手を振り払う。

「いいかげんにしてください！　私はお父様の計画には一切協力いたしません。ノアも不貞なんてしません。彼が愛しているのは私です！　私以外目に入らないって、そういう顔をしているのを会場中が見ているわよ！」

叫び声が廊下に響く。使用人は信じられないものを見るかのように目を見開いたが、公爵は娘の声を聞かなかったものとして、冷たい一瞥《いちべつ》を投げた。そして彼女を開いた扉の奥に押し込む。

しかし、前のめりになったイリスの身体は部屋の中に倒れず、後ろに強く引き寄せられる。腰に回った手が彼女を硬い身体に押しつけた。

抱きしめられたのだ、と理解すると同時に嗅《か》ぎ慣《な》れない、だが、どこか懐かしいタバコの香りが鼻をつく。この香りは、確か兄の――

顔を上げて、視線が合ったのは緑混じりのブラウンの瞳――ノアの胸が呼吸で上下するのが分かった。

強く抱かれていた身体がさらに密着すると、その力に押し上げられるように目頭が熱くなって、イリスは自分の目から涙が溢《あふ》れないように彼の服を握りしめた。

廊下の奥から兄のジュリアンが走ってくる。ノアが現れたのとは反対方向の廊下の奥で、グレーの瞳がイリスを視野に入れた。

ノアは深く息を吐いて浅くなっていた呼吸を整え、イリスの父、ウィンドミア公爵に微笑《ほほえ》みかけた。

「お義父様、お久しぶりです」

「ああ、久しいな。君も変わらず……元気そうで何よりだ。紳士が廊下を走るのは感心しないが。悪いが娘は少し体調が優れないようで、君を一人で会場に戻らせることになる。せっかく急いで捜しに来てくれたのにすまないね」

イリスが抗議のために口を開きかけたのを、公爵の鋭い視線が止める。

ノアはイリスを引き寄せると、公爵と一歩距離を空けた。

「お心遣いありがとうございます。実は今朝から本調子ではなかったようで、殿下への挨拶《あいさつ》が済んだら退場しようかと話していたのです。私が彼女に付き添いますのでお義父様はお戻りください」

彼が頭を下げて立ち去ろうとするのを、公爵が手で制した。

「待ちなさい。ナタリア殿下の大切な日だ。夫婦で退場などしては印象が悪くなる。娘のことは私に任せて君が会場に戻るべきだ」

「ご心配ありがとうございます。ですが、殿下は寛大な方なのでご理解いただけると思います。二人が姉妹のように仲がいいのはご存知ですよね」

「もちろんだ。だからこそイリスの代わりに夫の君が会場で祝うといい」

「今日初めてまともに顔を合わせた男が、姉の代わりになどなり得ないでしょう。お義父様のほうがよっぽど縁が深いと思いますので、私たちの評判が落ちないように助けていただけませんか？」

「それは君の仕事だな。ノア、年長者の言うことには耳を傾けたほうがいい。ヴェルディアではそういう教育は受けないか？」

「どうでしょう。教わったかもしれませんが忘れました」

ノアが足を踏み出そうとすると、公爵の使用人が道を塞《ふさ》ぐように移動する。公爵が苛立《いらだ》ちを滲《にじ》ませた声で会話を続けた。

「それなら今が学ぶ機会だ。娘は父の私が引き受けると言った。何度も同じことを言わせないでもらいたい」

「同じ言葉を返します。妻を一番気にかける権利は、父親よりもその夫にあるはずでは？　いつまでもイリスを自分のものだと思われるのは困ります、ウィンドミア公爵閣下」

こうしてノアは、ジュリアンに公爵を任せて、王宮内の一室に向かった。扉を開いてイリスを招き入れる。

イリスはまだ地に足がついていない感じがする。呆然とした表情の父の姿が、頭の中に残っていた。重厚な扉の閉まる音が父と会話した部屋を思い出させて、びくりと肩を震わせる。

「イリス」

ノアが彼女を抱き寄せて、そのまま抱きしめた。

「一人にしてごめん。気を利かせたつもりが最悪の選択だった」

服からかすかに漂《ただよ》う兄のタバコの香りと、先ほどの攻撃的な態度が頭に残っていて、イリスには彼が別人のように思える。ここにいるのが自分の夫なのだと確かめるために、ノアの身体を軽く押した。

少し距離ができて、顔を上げると、よく知ったブラウンの瞳と視線が合う。

そこでようやく肩の力を抜いていいのだと知り、彼女は倒れ込むようにソファに座った。

「イリス！　大丈夫？」

ノアがその手を掴む。父親に強く掴まれた手が痛み、彼女は眉を顰《ひそ》めた。

「ああ、ごめん！　強く掴みすぎた。本当にごめん」

「貴方じゃないわ」

ドレスのグローブを外す。手首に赤い跡が残っている。実際の痛みよりもひどい。

「……お義父様が？」

ノアはイリスの隣に腰掛けて、彼女の手に自分の手を軽く重ねて深く息を吐いた。

「揉《も》めている声が聞こえてきたよ。怖かっただろう」

イリスは自分の胸に聞いてみた。考えながらゆっくりと言葉を紡《つむ》ぐ。

「怖いよりも、失望して、悔しくて、悲しかったわ。お父様が私を、愛していないことが、よく分かったもの」

「そっか。……イリスはお義父様のことが好きなんだね」

「そうよ。もちろん好きよ。父だもの」

目から涙が一筋頬を伝い、ドレスにシミを作った。ノアがハンカチを差し出したが、彼女はそれを受け取らずに話し続ける。

「私、お父様に怒鳴ったのよ。初めて怒鳴ったわ。お父様の言っていることは全部間違っているし、支離滅裂だったの。だからそう言ったのよ。それなのに何も聞いてくれなかった」

膝の上で手を握りしめた。ドレスのスカートにシワがより、そこに涙がシミを作り続ける。

「君の言葉は聞こえていたよ。聞く耳を持たないお義父様が間違ってる」

ノアがイリスの目元にハンカチを当てた。

父に言われた不愉快な言葉を思い返して、目頭がまた熱くなる。拭《ぬぐ》ったところでまた涙が出てくるのに、意味のないことをするノアにも苛立《いらだ》った。

「本当に不愉快なことを言われたわ。耐えられなくて叫んだの。間違ってるって言ったのに、お父様は……私の話を聞いてくれたことがないのよ。お父様が私に声を掛けて手を差し出してくださって嬉しかったのに、廊下に出た瞬間に離したの。私がどれほどがっかりしたか分かる？」

ノアが頷《うなず》く。

「嘘つき。分かるわけないでしょう。貴方は両親との関係がいいもの」

「同じ経験をしたことはないよ。でも君が悲しいと思う気持ちを分かりたいと思う」

「物分かりのいい夫の振る舞いはやめて。今日の貴方は別人みたいで嫌い」

「別人じゃないよ。確かめて」

ノアがイリスを抱き寄せた。彼女はみじろぎする。

「タバコ臭いわ！」

「あ、そうだった。義兄上と一緒にいたからだな。ごめん、少し我慢して」

硬い胸に押しつけられ、かすかに残るタバコのにおいの奥によく知ったノア自身の香りを感じる。

この感覚を知っているのが自分だけではないことを思い出して、またしてもどうしようもない腹立たしさが湧き上がってくる。

「なぜアンナ様と噂になるようなことをするのよ。貴方、手近なだけの女に惚れて愛人にもできない甲斐性《かいしょう》なしだって言われたのよ」

「なんて？　ひどい暴言だな。ごめん、本当に考えなしだった」

「ヴェルディアのことも鄙《ひな》びた辺境だのまともな情報が入ってこないだの、散々よ」

「魅力を知ってもらえるように努力するよ。辺境しか合ってない」

ノアがイリスの背中を落ち着かせるように撫《な》でる。

イリスは大きな手のひらに安心すると同時に重たい靄《もや》が胸に湧き上がるのを感じた。頭の中に残る父の言葉も、過去に庭で見た風景も、兄のタバコの香りも、今さら対話を試みようとしたジョシュアも、それで受けた誤解や、彼女を娯楽として消費しようとする噂も、何もかもが嫌だ。

「貴方が彼女のこともこうやって慰《なぐさ》めたかと思うと腹が立つわ。本当に心から腹が立つ。許せない」

「うん」

「『うん』と言わないで」

「ごめん」

「口先だけで謝ってるように聞こえるわ」

「本当にごめん」

「〝本当に〟をつければいいってものじゃないのよ。なぜ私を一人にするの？」

「反省してる」

「私はお父様を殴ろうと思ったのに、貴方のせいでできなかったのよ。余計なことをしないで」

リズムよくイリスの背中を撫《な》でていた手が一瞬止まった。

「殴るって君が？　お義父様を？」

「他に誰がいるのよ」

「分かった。次に顔を見る前に一緒に練習しよう。拳を痛めないようにするコツを教えるよ」

「貴方は人を殴ったことがあるの？」

「一回だけ。私が鬱憤《うっぷん》を溜めすぎていたから、吐き出させようとしてくれたんだと思う。イリスが何か殴りたい気分になった時は、私に聞かせてくれる？」

「そうなるとしたら貴方が原因だわ」

「そうならないように努めるよ。いつもろくでもないことしかしなくて申し訳ないと思ってる」

「そうじゃなくて、私がそこまで心を乱されるのは、いつも貴方が原因なのよ。分からないの？」

ノアが目を見開いた。イリスは彼の胸元を押し、涙の滲《にじ》んだ瞳で睨《にら》む。

「分からなかった。ごめん」

「さっきから貴方はそれしか言わないわ。一言くらい言い返しなさいよ」

「言い返すところがないんだ」

「それは聞いていないのと同じよ。反論して、私に文句を言わせなさいよ。私は怒りたいの！　本当に怒っているのよ。全部貴方がアンナ様を追いかけて走ったりするせいよ。年下の女性を妹みたいだと言う男は全員嘘つきなの。あんなに可愛らしい方が女性に見えないなら男として不能だし、どちらにしろこの私の夫に相応《ふさわ》しくないわ。どこかに行って！」

ノアは黙って話を聞いている。イリスは浅くなった呼吸を整えて、目に溜まった涙を拭《ぬぐ》った。

「言い返して。ちゃんと反論しなさいよ」

「私の振る舞いは間違っていたと思う」

「それは反論じゃないわ。『ごめん』と続けたら殴るわよ」

「分かった。私は、君がこうして怒っているのも、悲しいと思っているのも、受け止めたいと思ってる。反論しないのは話を聞いていないからじゃないよ」

「私が否定してほしいのはそこじゃないわ」

不満を隠さず低い声を出す。ノアはそんな彼女をじっと見つめた。

「君以外にキスしたいと思ったことは一度もない。……不能じゃないのも、君は知っていると思う」

「なっ……最低だわ。本当に最低。信じられない！」

「うん。だから殴って、外に出られない顔にしてほしい。このまま隣にいさせて」

「嫌よ！　手が痛むんでしょう。まだ殴り方を教わってないからできないわ」

彼は困ったように笑って、イリスの手に触れる。両手で彼女の右手を包み込んで、拳の形にした。

「こうやって、指を付け根から曲げるんだ」

イリスの瞳を見つめて、握った手に力を込める。

「イリス、君に悲しい思いをさせて本当にすまない。間違ったことをしたと思ってる。君の夫に相応《ふさわ》しくないと思うなら、君が私を屋敷から追い出す必要がある。でも、私は出ていきたくないし、出ていく時には君のことを拉致《らち》させてもらう」

「殴る以外に人攫《ひとさら》いの心得もあるわけね」

「やったことはないよ。でも屋敷の見取り図も使用人の数も全部頭に入っているから、上手く攫《さら》ってみせる。私に攫《さら》われてくれる？」

ノアがイリスの涙のあとを撫《な》でた。イリスは彼の手を振り払って、教えてもらったとおりに握った拳で彼の胸元を軽く突く。

「絶対に嫌。私はあの屋敷が気に入っているし、自分の夫も気に入っているの。人攫《ひとさら》いには靡《なび》きません。……もう私の口からは悪態しか出てこないわ。早く口を塞《ふさ》いで。何も言えなくして」

ノアはその要望に答えず、イリスを抱き寄せた。

「嫌だ。全部聞かせて。君が考えていることを全部話すまでこの部屋から出さない」


しばらくしてイリスが落ち着いた頃、窓の外で歓声が湧いた。

「何かしら？」

顔を上げると、外の暗がりにぼんやりと霧《きり》がかかっている。

今日は朝から晴れて星空が見えてたのに、なぜか庭が靄《もや》に覆われているのだ。その中心部が光り輝いた。弾けるような音とともに霧《きり》が晴れ、光り輝く粒が雪のようにはらはらと舞い散って消える。

その中央に黒いドレスを着た小柄な女性が立っていた。彼女は自分に注目する人々に微笑《ほほえ》む。

窓を開けると、馴染《なじ》みのないつんと鼻をつく香りがした。

「あの女性は……」

ノアがイリスの後ろに立つ。

「聖女様だよ」

「聖女様⁉」

ジョシュアが本物だと言い、父が偽物と呼ぶ聖女。彼女は夜に溶け込むような真っ黒な髪を、肩のあたりで切り揃えている。

この国の女性はよっぽどの理由がなければ髪を肩より上で切ることなどない。

今目にした奇跡的な情景も相まって、彼女の姿はとてもこの世のものとは思えなかった。

「本当に奇跡を起こすのね」

夢を見ているような気持ちで呟《つぶや》く。

人伝《ひとづて》には、聖女の奇跡を聞いている。国を実り豊かにする神の使いともいわれる存在で、ここではないどこかから来る女性。大神官はその生涯の任として、聖女を呼ぶことを期待されるが最後の伝承は百年以上前の話だ。聖女はこの国の常識では計り知れない奇跡的な力を持ち、王族はその血を引いていると言われていた。

教会の大神官と国王陛下が認めている存在だ。イリスはそれを否定するつもりはなかったが、自分自身で彼女の奇跡を見たことはないため、眉唾物だとも思っていた。

聖女が本物だと知り、安心とも諦めともいえる、肩の力が抜ける感覚を覚える。

同時に、自分の環境を大きく変えたものが人智を超えた存在であることに無力感を抱き、それに振り回される理不尽へ怒りのような気持ちも湧いてきた。聖女が本物だからなんなんだ、くだらない、と叫んで回りたくなるような。

「あれは奇跡じゃないよ。イリスにもできる」

「え?」

「エレニダイトの粉にサンダリアのエキスと……あとなんだか色々と混ぜると霧《きり》みたいなものが発生するんだ。あまり吸い込まないほうがいいから窓を閉めるね。風下にいると匂いがひどいな」

ノアが窓を閉めた。イリスは唖然《あぜん》として彼を見つめる。

「ナタリア殿下への贈り物に最高級のエレニダイトがあるって聞いたからピンときて……あの光はルミナスティアだよ。後で回収して燃やしておかなきゃ……ってケビンに言ったかな」

馴染《なじ》みのない言葉ばかりで話が繋がらない。

エレニダイトは貴金属を磨くために使う液体で、サンダリアはこのような祝賀の席でのみ料理に使われる希少なハーブだとは知っている。

「どういうこと？　聖女様は……偽物なの？」

「それは分からない。私は本物だと思っているよ。君を見つけられたのは彼女のおかげなんだ」

イリスはますます困惑した。ノアはそんな彼女の反応に曖昧《あいまい》な笑みを見せる。

「広間で変な視線を集めていたことだけど、原因はジョシュア殿下と聖女様に関係してた。殿下がまだ聖女様と婚約中なのは今も君を想っているからだ、って。君たちが一緒にいるのを見たと言っている人がいる」

父の言葉を思い出して、イリスは身体をこわばらせた。

「それは……」

「私はお二人の結婚式が壮大で準備に時間がかかると知っているけれど、みんなが知っているわけじゃないし、面白くないから説明しても広まらないだろうね。それに一番大きな理由は、多分国王陛下と教会の関係があまりよくない……よくなくなったことだと思う。各区の司祭長の任命権で揉《も》めているみたいだ」

そして、ノアの詳しすぎる説明に眉を顰《ひそ》めた。

「なぜ貴方がそんな内部事情を知っているの？」

「ケビンが調べてきてくれた。入場してすぐ私たちへの視線に気づいて、頼む前に話を集めてくれたらしい。その話をしていたら、音楽のことが頭から飛んでた。ごめん。殿下の寵愛《ちょうあい》がないことと、聖女様があまり公《おおやけ》の場に顔を見せないことから、彼女を偽物扱いする人がいるって聞いていたんだ」

イリスの父親はそのうちの一人だ。彼女は頷《うなず》いて話の先を促《うなが》した。

「だから、視線を軽減するには、私とイリスが疑いの余地もないほど相思相愛で殿下の立ち入る隙なんかなくて聖女様が本物だと思ってもらえればいいかなと思ったんだけど……」

ノアはそこでため息をつく。

「義兄上と話すまで、お義父様が君に何かするって全然考えつかなくて。お義父様と一緒だと聞いたから、東棟から戻ってくるのを待っていればいいと考えてた」

「お兄様が……？」

彼はゆっくりと頷《うなず》いた。

いつからタバコの匂いが移る距離で家の事情を話すほど、ノアと兄が親密になったのだろうかと、イリスは疑問に思う。

「噂の話をしたら、お義父様はそれをただのゴシップで終わらせないつもりなのかもしれないって言われた。お義父様はすごく忙しくて……昨日から特に様子がおかしいって教えてくれたんだ。それで慌てて君を捜した。聖女様が方向を教えてくれなかったら、まだ東棟をうろうろしていたかもしれない。気づくのが遅くて、君に怖い思いをさせて……本当にすまない」

イリスは首を横に振った。娘でさえ予想しなかった父の行動を、ノアが予測できたとは思えない。

「お父様のことは軽蔑《けいべつ》したわ」

「うん」

「自分の立場を忘れたような浅はかな行動をしようとしていたの。こんな人だと思わなかった……どうしてそんな馬鹿なことを考えたのか、私にはきっと教えてくれないでしょうね」

兄には話していたのだろうか、と彼女は最後に見たジュリアンと父の姿を思い浮かべる。自分が息子に裏切られるとは微塵《みじん》も予想していない父の、唖然《あぜん》とした表情がよみがえった。

イリスが反抗した時はそんな顔すらしてくれなかった。そこに自分との間にはない、父と兄との間の信頼や価値が見える気がして、胸が痛む。

父が昔から王家との繋がりに固執していたことは、イリスも知っている。彼女自身にはその価値がよく分からないが、父の望みなら叶えてあげたいという気持ちはずっと持っていた。

父に喜んでほしかったし、一緒にその喜びを分かち合いたかった。

「イリスはお義父様と話したい？」

イリスはノアの問い掛けに頷《うなず》きも否定もしない。父と自分が会話するところを想像できなかった。

「イリスがそうしたいなら、今度ちゃんと話す機会を作ってみる？　少し時間が必要だ。お義父様にも気持ちを落ち着ける時間が必要だと思う。今日のお義父様がイリスの知ってるお義父様と違うなら、そうなる理由があって、普段どおりに振る舞えなかっただけかもしれない」

「ただ本性を表しただけかもしれないわよ」

「それなら縁を切る。一生イリスとは連絡を取らせない。手紙も届けないし、目を合わせようとしても妨害するし、挨拶《あいさつ》もしない。ヴァンデンブルク家とウィンドミア家の関係は最悪だと噂が立っても無視する。事業が進まなくなっても知らない」

ノアが一度言葉を切って、イリスを見つめた。

「でもイリスと、義兄上が慕う大事な人なら、私もお義父様のことを知りたいと思うよ。公爵家を頼る人たちに手を差し伸べて寛大で誇りある振る舞いをしようとする姿が、お義父様の本質かもしれない。今が本当に辛《つら》くて追い詰められているとして、その時に見せる姿が本性だとは思わないよ」

イリスには父の本音は分からない。本当はどんな人なのか、父の心からの望みも聞こうと思ったこともなかった。そもそもそれが存在するのか、想像したこともない。

そこでノアはイリスの手を握る。

「でも全部、君がそうしたいと思うなら、だ。もちろん今決めなくていい。気持ちが落ち着いたら、どうしたいか教えて。もし話したいと思ったら、二人で一緒に会いにいこう。……じゃなくて、エメリアにご招待しようか。たまにはいいよね。そうしよう。義兄上に協力してもらって拉致《らち》してしまおう。少し公務から離れたほうがいいって言っていたからちょうどいいよ。イリスの両親をお招きして楽しんでもらえるような何かを企画しなきゃ。お二人は何が好き？」

イリスは顔を上げた。そして首を左右に振る。

「……知らないわ」

「じゃあそこからだね。手紙を書いこう。落ち着いて、イリスが書きたいと思ったらね。冬を越して一番に菫《すみれ》の花を見つけたら、それを砂糖漬けにして一緒に送ってあげるのがいいかもしれない。君のことを思い出してもらおうよ」

紫色の可憐《かれん》な小さな花は、イリスには母を思い起こさせる。

「……お母様の瞳は私より綺麗な紫色なの。お母様は気に入ってくださるかもしれないわ」

「そっか。確かにイリスの色は青が強いね。露《つゆ》を乗せた紫陽花《あじさい》みたいで綺麗な色だ。そうだ、イルサリアの糸も一緒に送ろうか。青と紫でちょうどいいよ。義母上は刺繍に興味があるかな」

「……多分。お母様のほうが私より上手いもの」

でもそれは昔の話で、今のイリスの腕なら分からない、とふと思う。

「そんなに得意なら好きで間違いない。じゃあ送るものは決まりだ」

「返事が来るか分からないわ」

「返事が来なかったら問答無用でお二人を誘拐してヴェルディアを母に連れ回してもらう。どう？」

彼が明るく微笑《ほほえ》んだ。イリスはその微笑《ほほえ》みに小さく頷《うなず》き返《かえ》す。義母なら話を聞かない父も、無理やり連れ回してくれるかもしれない。

「お義母様が面倒事を押しつけないでと怒らないかしら」

「母上は面倒事が好きだと思うんだけど……除《の》け者《もの》にするほうが怒る気がする。でも、聞いてみよう」

イリスがもう一度頷《うなず》いた時、扉をノックする音が聞こえた。ノアがはっと顔を上げる。

「ジョシュア殿下かな……？」

ジョシュアのことを思い出して、イリスはびくりと肩を震わせた。

あまり顔を合わせないほうがいい気がして、緊張した面持《おもも》ちで扉を見つめる。答えずにいると、もう一度、少し乱暴な音がした。

「この叩き方は殿下じゃないね。体調不良で使わせてもらっていると伝えてくるよ」

ノアが立ち上がり扉を開くと、その隙間から手が入ってきて、無理やり扉を開いた。恨みのこもった低い声がする。

「無事だったなら一言連絡をいただいてもよろしいですか？」

ノアの仕事を補佐するケビンが不機嫌そうに立っていた。イリスを見てほっと肩の力を抜く。

「入っても？」

「いや、困るよ。ちょっと待って……」

ノアではなく自分に尋ねているのだと視線で気づいて、彼女は頷《うなず》いた。

「ノア様には聞いてません」

「なんだって？」

ケビンは無理やり中に入って扉を閉めた。

「迎えの馬車が準備できました」

「ああ、そういえば！　ありがとう！」

「ありがとうじゃないんですよ。マジで指示が雑すぎる。ふざけないでくださいよ。〝ヴィーパースの工房で見たあれ〟で全部手配できると思わないでください」

「ごめん、ちょっと急いでて。あとルミナスティアは残るから処分してって頼んだっけ」

「頼まれていませんが、燃やしました」

「さすが。ありがとう。叔父上とウィニー卿に……」

「お礼をお伝え済みで物品は明日、手配します」

「言うことないな。本当に助かる」

「俺は言いたいことが山ほどありますけどね。次このレベルの雑な指示をしたら出ていきます」

「ごめん。本っ当にごめん。気をつける」

「あと片付いたなら一言ください。探しに行くべきか馬車を手配して待っているべきか、捜すならどこに行くべきなのか、見当もつきませんでした。ありがたい聖女様のお導きでここに来たわけですが」

また〝聖女の導き〟だ。

どうやら彼女が探し物が得意だということだけは事実らしい。そう思いながら、イリスは黒髪の彼女を頭に描く。

「ジョシュア殿下にはここにいるって言伝《ことづて》お願いしたんだけど……ケビンに言ってくれるかな、と思った」

「王太子殿下を伝言に使うな」

ケビンはノアを睨《にら》むと、イリスに視線を移した。彼女の手首が赤くなっていることに気づいて、眉を顰《ひそ》める。

「冷やすものを用意しますか？」

「いいえ、大丈夫よ。目立つけど痛くはないの」

イリスはグローブを手に取り、それをはめ直した。

「それ、ウィンドミア公爵閣下が？　ノア様、閣下のことちゃんと殴りました？　嫁に出した娘を雑に扱う父親は、一度物理的なショックで立場を分からせてやったほうがいいですよ。舐《な》められないようにしないと、何度も同じことをします」

「……殴ってない。舐《な》められないように振る舞えていないかも」

ケビンがため息をつく。

「全《まった》くもう！　どうせまた相手の言い分を聞こうとしたんでしょう。話したって分からない奴のほうが多いって何度も言ってるのに！　完全に時間の無駄です。関わらないのが一番いい。義理の父親だって関係ありません。交わしていいのは挨拶《あいさつ》だけ。復唱してください」

彼の説教をノアは苦い顔で聞いている。彼の先程の言葉は、その教えを完全に無視したものだ。

ノアが後ろを振り返り、イリスを見てその口元に人差し指を立てた。

◇　◇　◇

イリスは温かい腕の中で、うっすらと目を開けた。温かいというよりは少し暑い。

王宮から戻った後、疲れて気を失うように眠ってしまった。

身じろぎして、ノアの腕を抜け出そうとすると、覚えのない寝具がかかっていることに気づく。

寝る前に暖炉の火を消すから部屋の空気は冷えているのに、寝苦しく感じるほどに暑いのはこれが原因のようだった。

部屋を離れた後にノアが手配したのだろうと想像する。

起き上がるためにノアの腕を持ち上げると、その腕がすっと引いた。

「イリス？　ごめん、苦しかったかな。起こしてしまった？」

「いいえ、水を飲みたいだけよ」

ノアがイリスに水の入ったグラスを渡す。イリスが水を飲み終えると、グラスを受け取ってテーブルに戻した。

灯りを消そうとする彼の目元が、ランプの橙《だいだい》の光で淡く照らされる。その瞳が潤《うる》んでいるように見えて、イリスは彼の目尻に触れた。

ノアが首を傾《かし》げる。

「どうしたの？」

「貴方こそ。濡れているわ」

「え？　ああ、あくびしたからかな。眠くて倒れそうだ。イリスも寝よう。まだ夜更けだよ」

腕を引かれて、イリスはベッドに飛び込むように横になった。その勢いで彼の胸に顔を押しつける形になる。伝わってくる心臓の鼓動が心地よく、また目を閉じれば夢の世界に浸《ひた》れそうな気がした。

けれど、イリスは目を閉じない。

横になったまま、右手で先ほどの涙の痕跡を探すようにノアの目元に触れる。

「あくびで目が赤くなるまで涙が出ることなどあるかしら」

「……そういう時もある。多分今後も、時々は」

彼がイリスと明確に距離を開けようとしたのは初めてだ。遠慮なく踏み込みすぎた、と彼女は自分の行動を恥じた。

同時に、今後もノアが涙を流すほど心を乱した時、それをイリスに共有する気がないという事実にどうしようもない寂しさを感じる。

この距離をどう埋めたらいいのか分からない。

イリスは何も言えず、親指でノアの頬を撫《な》でた。ノアの腕が彼女を引き寄せる。

「夜に考え事をするのを止められない時があるんだ。悪いことばかり想像する。でも一通り考え終われば、切り替えられるから大丈夫だよ」

ノアがイリスの頭を撫《な》でて、額《ひたい》にキスした。

「今日は君が持ち直すのを助けてくれた。ありがとう」

「それって、貴方の頭の中にいる私でしょう？　実物には話してくれないの？」

「頭の中の話を？　いいけど……私が考えてもどうしようもないことを悩んで勝手に立ち直るまで

の非生産的な行動に興味があるの？」

「ええ。悲しみの時も慰《なぐさ》め合《あ》いともに助け合うことを誓ったもの」

ノアが息を呑むのが分かった。

「内省して立ち直ることは非生産的ではないと思うわ。大切なことよ」

「そこを怒られるのは予想してなかった」

「ほら、実物のほうが精度が高いわ」

「そうみたいだね」

彼はしばらく黙ったままだった。その胸がため息とは違う深い呼吸で、膨らんで、しぼむ。

イリスはぐっと強く抱きしめられる力に逆らわずに、されるがままでいた。

「今日、判断を間違えたと思うことが色々あって」

彼の言葉はそこで切れる。

「私が何か間違えて、もっとイリスが傷ついていたかもしれない……この先も傷つくかもって想像したら、それがすごく怖くなったんだ……ちょっと間違えたり何かできなくても周りの人に助けてもらって最後に辻褄《つじつま》を合わせればいいって、今までは考えてた」

イリスは彼の静かな声を聞き逃さないように耳を澄ませた。

「そう思っていないと、立ち止まりそうになるからだ。できないことがあってもいいって自分に言ってあげたいけれど、本当は嫌なんだ。なんでこんなこともできないんだって、思うんだよ」

彼が深く息を吐く。そして、息が詰まりそうなほど強く抱きしめられた。

イリスは宥《なだ》めるようにその背中を撫《な》でる。

「理想どおりの貴方だったら、今日はどうしていたの？」

その問い掛けに、ノアは少し間を置いてから答えた。

「君を好奇の目に晒《さら》したりしなかったと思う」

「事前に噂を知る情報収集力と殿下のご招待を断るよう私を説得する弁があるわけね。他には？」

「お義父様と君を二人きりにしない」

「ウィンドミア家の内部事情を把握する情報網ね。あとは？」

「……君にお義父様と話をしたいか、なんて聞かない」

イリスはそこで顔を上げた。暗い部屋で抱きしめられた状態では、ノアの表情は見えない。

「君からお義父様に譲歩するような提案をしたのは間違っていたと思う。お義父様を許したくないし、会ってほしくない」

「私、お父様を許すために会いたいわけじゃないわ。文句を言いたいのよ。言い訳があるなら言ってみなさいって、喧嘩を売りたいし、今日のことは許さないわ。どんな理由でも許さない。それが今の私の気持ちよ。春が来る頃には変わるかもしれないけれど、分からないわ。今決めなくていいんでしょう」

「うん」

ノアの腕に手を添える。いつの間にか緩《ゆる》んでいた腕を、自分の身体をしっかりと抱きしめるように引いた。

「貴方になりたい姿があるなら、私がそうなれるように補ってあげるわ。できるまで」

「普通こういう時は、貴方はそのままでいい、とか言わない？」

「言ってほしいなら言うわ」

「言ってほしくない。できると信じてほしい」

イリスは静かな声で、確信を持って応えた。

「できるわ。貴方のことを信じてる」


イリスは夫のノアとともに馬車に揺られていた。窓の外では、秋の晴れた青い空の下、王都の青い屋根が整然と並んでいる。その王都の景色が遠ざかっていくのをぼんやりと眺めた。

イリスは結局、王都での滞在を一日延ばした。本日、ナタリアに呼ばれ、王宮を訪れたからである。その間に、ノアの両親のヴァンデンブルク公爵夫妻は、ウィントロープに出向いてウィンドミア家と〝話し合い〟だ。

ノアとイリスは、ナタリア王女の誕生日の翌日に、公爵夫妻に大切な祝賀会を途中で抜け出した経緯について説明している。イリスが父親に王太子を誘惑するように唆《そそのか》され口論になった話だ。

イリスは彼らにヴァンデンブルク家の名声を傷つける可能性があったことを謝罪した上で、全て未遂のため実害はなく、不利益になるようなことは起きていないと説明した。

その時の義両親のやりとりを思い出すと、笑ってはいけないのに笑いそうになる。

義母はイリスの父を「社会的に殺すわ」と意気込んでいた。それをヴァンデンブルク公爵が、

「少し落ち着きなさい。まず事実確認をする必要があるし、ウィンドミア公爵家の立場を急に崩すと混乱が……」と宥《なだ》めようとして「イリスが嘘をついていると言いたいの⁉」と怒鳴り返された。

今、揺れる馬車の中で、ノアもイリスと同じくらいぼんやりと窓の外を見ている。イリスが彼をじっと見つめると、彼はその視線に気づいて微笑《ほほえ》んだ。それから、ぱっと明るい顔になる。

「そうだ。一つ鞄に残っていたんだけど、食べる？」

手荷物から小さな包み紙を手に取り、それをイリスの手に乗せた。ヒヨコの形をした個包装の焼き菓子だ。今日、ノアが王宮に持ち込み、手荷物検査を無事に通過したもの。

「殿下が気に入ってくださってよかった。イリスの友人たちにも好評だっただろう？」

「ええ」

ノアは「知ってた」と、得意げに笑う。

彼の態度はいつもと変わらない。気軽な雑談をして、楽しそうに笑う。そこに何か変化はないかと、表情を観察したが分からなかった。

イリスはヴァンデンブルク公爵夫妻に自分が話せることは全て話していた。その中には、丘の上で王太子と会ったという噂が立っていて、それが一部事実だということも含まれている。

ノアにはジョシュアと鉢合わせた話をしていなかった。それをどう思われるか分からなくて、その話をする時にはノアの顔を見られなかった。

ジョシュアと顔を合わせたことを後ろめたいとは思っていない。ただ本当に挨拶《あいさつ》をしただけ。

これまで話題になることがなかったので、わざわざ報告するのはおかしいかもしれないとか、王太子の私的な時間について口外するのはよくないとか、迷っている間に話すタイミングを失っていたのだ。そして噂になっていると知り、後ろめたいから黙っていたと誤解されるのが怖くて言い出せずにいた。

「ねぇ、ノア」

「イリス」

二人の声が重なる。お互い先に相手の言葉を促《うなが》すように視線を交わす。

「私はたくさんしゃべったから次は君の番だね」

「たいした話題じゃないから後でいいわ」

「私の話もただの思いつきなんだけど……じゃあ、コイントスで決めようか。どっち？」

ノアがポケットからコインを取り出して上に投げた。

「えっ、どうしたらいいの？」

「表か裏か決めて」

「どうやって!?」

揺れる馬車の中で、彼は手の甲でコインをキャッチする。イリスの反応を見て朗《ほが》らかに笑う。

「適当に、だよ。当たったら先、外れたら後だ。どうする？」

イリスはその手をじっと見つめた。時間稼ぎに質問をする。

「なぜポケットにコインが入っているの？」

「こういう時に使うため」

「……裏にするわ」

正解はない。回答はどちらでもいいのに、イリスの胸は意味もなくどきどきと脈打つ。

ノアが上に被せていた手をどかすと、コインは裏側だった。先ほどのルールに基づけば、イリスが先に話すことになる。

彼女は諦めて息を吐いた。引き伸ばせば引き伸ばすほど、言いづらくなるのは分かっている。

「私が先ね」

「どうぞ」

「ええ」

イリスはもう一度深呼吸した。

「……先日殿下と鉢合わせたことについて、貴方に伝えていなくてごめんなさい」

ノアが不思議そうにイリスを見つめる。二人はしばらく沈黙したのち、ノアが先に口を開いた。

「それが君の話？」

イリスは頷《うなず》く。ノアは考え込んだ後、顔を上げ、立ち上がってイリスの横に座る。

「危ないわ！」

「もう座った。その噂は気にならないけど、君が私の反応を不安がっていることは気になる」

「不安というか、すぐ話していなかったことに、後ろめたさを感じているのよ」

「殿下のプライベートを口外しないのは当然じゃない？」

「それはそうだけれど」

「私の怪我のせいで、君の話を落ち着いて聞けなかったし」

「それもあるかもしれないわ」

「じゃあ、何が君をそんな顔にさせているの？」

ノアが首を傾《かし》げて、イリスの顔を覗き込んだ。伏せられた金色のまつ毛の下で、青紫の瞳が憂《うれ》いを帯《お》びる。

「私、貴方に散々文句を言ったけれど、今回のことは私が原因でしょう。噂にならなければ何も起きなかったわ」

彼はぱちぱち瞬《まばた》きしてふっと表情を崩し、イリスに寄り掛かった。

「重たいわ」

「また深刻そうな顔をしてる」

「自分の暴言が恥ずかしいの。いくら動揺していたとしても言っていいことと悪いことが……」

そこで彼女の肩と頭にかかっていた重さがなくなる。すぐに彼女の唇を柔らかいものが塞《ふさ》いで、離れた。

「私は全然気にしてないし、思っていることを話してくれて嬉しかったよ。でも、君がまだ罪悪感を覚えるなら一つお願いがある。こっちへ来て、膝に乗って」

「危ないわ」

「支えるから大丈夫だ」

その言葉を信じられれはしなかったが、イリスは諦めておそるおそる移動する。彼と向き合うように、膝の上に跨《またが》った。ノアが窓のカーテンを引き、彼女の背中と腰を押さえる。

「それで、どうすればいいの？」

「このまま私の思いつきを聞いてほしい。率直な意見も聞かせて」

「それで埋め合わせになるの？」

「埋め合わせというか、君と楽しい話をしたい。イリスも絶対興味を持ってくれると思うよ。だから殿下のことを思い出すのはやめてほしい」

ノアのブラウンの瞳が和《やわ》らぐ。穏やかな表情は、嫉妬しているようには見えない。

「分かったわ。それで、どんな楽しい話を聞かせてくれるの？」

ノアはいたずらを思いついた子供のように、楽しそうに笑った。

「いいアイディアだと思うんだ。昨日、ローンズ侯爵家の庭を見て思いついたんだけどね……」

イリスは昨日ノアと一緒に訪れた侯爵家を頭に思い浮かべた。有名なロマンス小説の舞台を意識した造りの、整えられすぎていない素朴な庭。

どこか懐かしく安心感を抱かせる場所を思い出して、イリスの頬は自然と緩《ゆる》んだ。

新しい舞台

初夏の爽《さわ》やかな日差しの下で、ウィントロープ・ローズが光を浴びて輝いている。

今日のイリスとノアは、イリスの兄、ジュリアンに、ウィンドミア公爵家から少し離れた兄の屋敷の庭に招待されていた。

ジュリアンはイリスよりくすんだ金の髪を几帳面に整え、手袋までつけてやけに堅苦しい服装をしている。父親によく似たグレーの瞳には感情がないように見えた。

「元気か」

ジュリアンがイリスに視線を向ける。

「はい、ありがとうございます。お兄様もお変わりないと伺っております。何よりですわ」

シンと沈黙が落ちた。

兄と挨拶《あいさつ》以外の会話をしたことは数えるほどしかない。家族に対して天気や流行などの無難な話題を振るべきなのか、そもそも先に口を開いていいのかも分からない。

緊張して様子を窺《うかが》っていたが、やがてそんなことに意味がないと気づいて、深く息を吐いた。

「それで、本日はどのようなご用でしょうか。お父様のことでしたら、家同士で話し合いが済んでおります。私の一存で融通することはできませんわ」

秋口の話し合いでは、ウィンドミア公爵が書斎から出てこなかったために決着がつかなかった。その後ジュリアンがヴェルディアに出向いて謝罪しようとしたが、そこに公爵が乗り込んできたというところまではイリスも聞いている。

その際、家長に許可なく家の名前を使って謝罪をするとは何事だという親子の口喧嘩を、ヴァンデンブルク公爵家の本邸の使用人が耳にしたらしい。口の堅い彼らの口から外には漏れることはないだろうが。

義母から聞かなければ、イリスの耳にも入らなかったに違いない。

やった、やっていない、という話から、最終的には娘の幸せを願って何が悪い、という開き直り。危うくノアとイリスの婚姻で進んだ事業や、中央との関係も白紙に戻りそうになったそうだ。

兄と義父がそれは困ると主張して、両家に関係する事業にはウィンドミア公爵を関わらせないという方向で話をまとめた。

イリスは自分のせいで事態が大事になりすぎたと感じていた。関係のない兄にまで苦労をかけていることを謝罪するべきなのか迷って、兄を見つめる。父と同じグレーの瞳は、少し苦手だ。

「そんなことは頼まない。ただ、夏の……ヴェルディアに、母上と妻も招待してくれないかと頼みたかった」

「舞台に、ですか？」

ジュリアンが頷《うなず》く。

菫《すみれ》の花が咲く時期になって、イリスが父との関係で改めて出した個人的な結論は、彼のために作った砂糖漬けを全て自分で食べるというものだった。そしてもう一度作り直し、王都の近くに住む友人たちや取引のある人々に贈った。夏のヴェルディアでの避暑に誘う手紙を添えて。実家は宛先に含めなかった。

王都からの帰り道で聞いたノアの思いつきは、例の著名な小説家を呼んでヴェルディアを舞台にした戯曲を作ってもらうことだったのだ。

「エマはどうなさるのです？　それにお母様は舞台になど興味があるかしら」

イリスは乳母の腕からノアの腕の中に移動した姪《めい》に目を向けた。幼い彼女を母から遠ざけるのは難しいはずだ。彼女を伴っての旅行はそれはそれで苦労しそうだし。

「エマを連れていくと言っている。そうなると女手は多いほうがいいだろうと」

「まぁ」

イリスは感嘆の声をあげた。母が乳児の世話をするとは思えないが、それについては指摘しない。

「その、もしよろしければウィントロープでも公演を企画いたしましょうか？　それでしたらお義姉様にもエマにも負担がかかりません」

「同じことを私が提案したが、ヴェルディアがマリア……なんと言ったか……その女性作家の小説の舞台に似ているという話を聞いて、ヴェルディアなら行けると言うんだ」

「お兄様は反対されているのですか？」

「いや、反対とまではいかないが……私がついていくと、父が一人になる」

まるで父親のほうが、手のかかる乳児のようだ。

「大人なのですから、一人で十分でしょう。使用人もおりますし」

「私には父を監督する義務がある。だから、セリーヌとエマと、母上を頼みたいんだ。ヴァンデンブルク家には私から手紙を出す」

イリスはため息をつく。

「分かりました。ヴァンデンブルク家のお義父様とお義母様に、ウィンドミア公爵がウィントロープで一人になると伝えておきます。お父様が訳の分からないことをしたのはあの一度だけだと知っているもの。許したわけではないけれど、お兄様がずっと付き添う必要はないと思うわ」

「しかし……」

「あまりしつこく聞かれると、私は意見を覆《くつがえ》します」

兄がぐっと黙るのを見て、イリスは自分がなぜ今までこの人に怯《おび》えていたのだろうかと疑問に思った。彼は無表情なだけで威圧的ではなく、どちらかといえば気を遣いすぎる人ではないか、と。

「礼を言う」

「構いません」

「イリス。母上は多分、お前に会いたくてヴェルディアに行く。もし気が向けば、少し時間をとって差し上げてほしい」

「お母様が？」

イリスはまたも兄の言葉が信じられず、眉を寄せた。

「父上のことがあるから、表立って手紙も出せないはずだ」

「私からの招待など……お母様は喜ぶでしょうか」

ジュリアンは頷《うなず》くが、イリスは納得できなかった。

「分かりました。手紙を出してみます」

イリスは兄のグレーの瞳を見つめ、質問を追加する。

「お母様のお好きな色や、花をご存知ですか」

「好きな色は……分からないな。花は、多分、ウィントロープ・ローズだと思うが、分からない。領地の花だから飾っているだけかもしれない」

分からないことばかりだ。これでは、母がイリスに会いたがっているという話も信憑性《しんぴょうせい》がない。

兄はイリスの視線から言いたいことを悟ったようで、眉をぴくりと動かした。その瞳が妻に向く。

「セリーヌ、こちらへ来てほしい」

「どうされました、貴方」

その顔には、期待と不安が混じっていて、ジュリアンよりもイリスに意識が向いていた。

「母上の好きな色か、花を知っているか?」

「お義母様の、ですか?」

なぜその話、と義理の姉の顔にはっきりと出る。気の利かない兄に代わりイリスが説明した。

「夏の舞台にお義姉様とお母様をご招待したいのです。その時に同封できればと」

セリーヌの顔がパッと華やいだ。

「そういうことなら!　と言いたいけれど、私も知らないわ……」

姪《めい》を構っていたノアが顔を上げた。

「今から私が聞いて来ようか？」

「貴方がいきなりウィンドミア家でお母様を訪ねるのは不自然すぎるわよ」

「大丈夫！　サプライズをしたいからイリスのことを教えてほしいって言うから」

「ますます怪しいわ。お母様だって私のことを答えられなくて困るわよ」

「そんなことはない」

ジュリアンの静かな声がイリスの耳に入る。何をそんなに自信満々に答えるのだろうか。

「……もういいわ、ご招待のお手紙では私の好きなもののお話をして、お返事で教えてほしいと聞いてみます」

「いいね。それがいいと思う」

ノアは最初からこの結末に誘導するつもりだったのか、本当に本邸まで行くつもりがあったのか、イリスには分からない。

しかしそれを考えるより、母に宛てた手紙の内容と、同封する贈り物を考えることに忙しくなった。頭の中に、様々な色と、花を思い浮かべる。

イルサリアの青い糸と、菫《すみれ》のような紫にしようか――それよりも。

彼女はノアと目を合わせた。太陽の下で、優しいブラウンの瞳に少しグリーンが混ざっているのが分かる。

木漏《こも》れ日《び》のような柔らかな緑がいい。母も確か、木漏《こも》れ日《び》の下で散歩に出かける時はいつもより少し表情が柔らかかったはずだ。

イリスはヴェルディアの散歩道を思い浮かべ、そこを一緒に並んで散歩に出かけませんか、で締めようと決める。

ペンを握る瞬間を思い浮かべて、心臓が緊張と高揚感で高鳴った。


その夏のヴェルディアは、いつになく賑わっていた。

夜会の話題の中心は、もっぱらその日の日中に上演された新作の舞台について。

ホストの夫妻が登場すると、ゲストの注目はその二人に集まる。

ネイビーのドレスと、パールのネックレスを身につけた夫人が、戯曲からそのまま飛び出してきたかのようで、彼らがお互いを見つめ合う甘やかな視線も憧れの視線を集めた。

その夫がダンスの一曲目で妻を高く持ち上げすぎて、物陰に連れていかれ彼女に怒られていたことは、ほんの一部のゲストのみ知るところだ。

濃蜜ラブファンタジー

ノーチェブックス

Noche BOOKS

あなたは俺の、
大切な妻。

ハズレ令嬢の私を腹黒貴公子が毎夜求めて離さない

扇レンナ
イラスト：沖田ちゃとら

由緒ある侯爵家に生まれた『ハズレ』の令嬢、セレニア。優秀な姉に比べて落ちこぼれの彼女はある日、父に嫁入りを命じられる。やり手の実業家ジュード・メイウェザー男爵が、結婚を条件に家の借金を肩代わりしてくれるという。所詮、貴族との縁目当ての政略結婚——そう思っていたのに、ジュードはセレニアを情熱的に愛してきて……!?

詳しくは公式サイトにてご確認ください
https://noche.alphapolis.co.jp/

濃蜜ラブファンタジー

Noche BOOKS

ノーチェブックス

君は俺のもの。
逃げるなど許さない。

美貌の騎士団長は逃げ出した妻を甘い執愛で絡め取る

東原ミヤコ

イラスト:鈴ノ助

十五歳の時、騎士団長シアンの妻となったラティス。けれど婚姻からすぐに起きた戦争で彼は戦地へ向かってしまった。三年後、夫を待つラティスのもとにシアンの愛人を名乗る女が訪れ、彼は王命で嫌々結婚したに過ぎないと語る。ショックを受けて屋敷を飛び出したラティスだが、突如現れたシアンに連れ戻されて、甘く激しく愛されて——!?

詳しくは公式サイトにてご確認ください
https://noche.alphapolis.co.jp/

濃蜜ラブファンタジー

ノーチェブックス

Noche BOOKS

思わぬ誘惑に
身も心も蕩ける

死に戻りの花嫁は冷徹騎士の執着溺愛から逃げられない

無憂

イラスト：さばるどろ

結婚式の最中に、前世の記憶を思い出したセシリア。それは最愛の夫である騎士ユードに裏切られ、酷い仕打ちを受け死ぬというものだった。なぜ時間が戻っているのかわからないものの、セシリアは現世での破滅を回避するため離縁しようと画策する。しかし、避ければ避けるほどユードは愛を囁き、セシリアを誘惑してきて……⁉

詳しくは公式サイトにてご確認ください
https://noche.alphapolis.co.jp/

濃蜜ラブファンタジー

ノーチェブックス

硬派な幼なじみが激甘に!?

クールな副騎士隊長の溺愛が止まりません

吉桜美貴
イラスト：花恋

王国騎士団の隊長を務めるイレーネは、とある事件を経て「男性経験なし」がこの先不利になると痛感し、処女を捨てようと決意！　その相手役を、部下兼幼なじみのラファエルにお願いしたところ、彼は渋々ながらも引き受けてくれた。そうして臨んだ約束の日、普段は冷静沈着なラファエルが、ベッドの上ではタガが外れたようにイレーネを求めてきて……!?

詳しくは公式サイトにてご確認ください
https://noche.alphapolis.co.jp/

濃蜜ラブファンタジー

ノーチェブックス

私の名前を呼ぶ声に
甘く激しく乱される――

勘違いから始まりましたが、
最強辺境伯様に溺愛
されてます

かほなみり
イラスト：繭つ麦

ある日突然、異世界に転移してしまったナガセ。彼女は、恐ろしい生き物に襲われかけたところを、辺境伯・レオニダスに救われる。言葉が通じない中、自分を気づかってくれる彼を信頼し、特別な感情を抱くナガセだったが……。レオニダスは彼女のことを『男の子』だと思い込んでいて――？　勘違いしていたはずなのに愛されまくりの濃密ラブ開幕!

詳しくは公式サイトにてご確認ください
https://noche.alphapolis.co.jp/

濃蜜ラブファンタジー

ノーチェブックス

Noche BOOKS

すれ違いからの
蕩ける新婚生活!?

私のことを嫌いなはずの
冷徹騎士に、何故か
甘く愛されています
※ただし、目は合わせてくれない

夕月
イラスト：木ノ下きの

幼馴染の騎士を想い続ける令嬢のシフィル。しかし彼はしかめっ面ばかりのため、自分は嫌われているのだと悩んでいた。そんなある日、なぜか急に彼に求婚されて困惑するシフィルだったが、求婚を受け入れることに。結婚後も常に不機嫌そうな彼とすれ違うものの、ひょんなことから、彼はとんでもなく不器用なだけでは？　と気づき……

詳しくは公式サイトにてご確認ください
https://noche.alphapolis.co.jp/

この作品に対する皆様のご意見・ご感想をお待ちしております。

おハガキ・お手紙は以下の宛先にお送りください。

【宛先】

〒 150-6019 東京都渋谷区恵比寿 4-20-3 恵比寿ガーデンプレイスタワー 19F
(株) アルファポリス　書籍感想係

メールフォームでのご意見・ご感想は右のＱＲコードから、
あるいは以下のワードで検索をかけてください。

アルファポリス　書籍の感想　検索

ご感想はこちらから

本書は、「アルファポリス」(https://www.alphapolis.co.jp/) に掲載されていたものを、改稿のうえ、書籍化したものです。

「君《きみ》を愛《あい》していくつもりだ」と言《い》った夫《おっと》には、他《ほか》に愛《あい》する人《ひと》がいる。

夏八木アオ（なつやぎ あお）

2024年 10月 31日初版発行

編集－黒倉あゆ子
編集長－倉持真理
発行者－梶本雄介
発行所－株式会社アルファポリス
〒150-6019 東京都渋谷区恵比寿4-20-3 恵比寿ガーデンプレイスタワー19F
TEL 03-6277-1601（営業） 03-6277-1602（編集）
URL https://www.alphapolis.co.jp/
発売元－株式会社星雲社（共同出版社・流通責任出版社）
〒112-0005 東京都文京区水道1-3-30
TEL 03-3868-3275
装丁イラスト－緋いろ
装丁デザイン－AFTERGLOW
（レーベルフォーマットデザイン－團 夢見（imagejack））
印刷－中央精版印刷株式会社

価格はカバーに表示されてあります。
落丁乱丁の場合はアルファポリスまでご連絡ください。
送料は小社負担でお取り替えします。
©Ao Natsuyagi 2024.Printed in Japan
ISBN978-4-434-34658-3 C0093